葉月奏太

ぼくの管理人さん

さくら荘満開恋歌

実業之日本社

実業之日本社文庫

ぼくの管理人さん　さくら荘満開恋歌　目次

第一章　軋む下宿で筆おろし

1

福柴《ふくしば》駅のホームに降り立つと、穏やかな風が頬を撫《な》でた。

青く澄み渡った空から、心地よい春の日差しが降り注いでいる。ぽかぽかと眠気を誘うような陽気だった。

平日の昼間のせいなのか、それとも郊外のせいなのか、列車は思いのほか空いていた。降車した人たちも改札に向かってのんびり歩いており、まったく急ぐ様子はなかった。

（へえ、こんなところもあるんだ）

窪塚健司《くぼづかけんじ》は改札を抜けると周囲に視線を巡らせた。想像していた東京とは異なるのどかな光景だった。

高校二年の修学旅行以来の東京だ。あの頃とずいぶん印象が違っている。もっとも、修学旅行で訪れたのは国会議事堂や皇居、それに東京タワーや浅草など観光地として有名な場所ばかりだった。

かつて度肝を抜かれた超高層ビルはなく、車やタクシーが渋滞して排気ガスを撒き散らすこともない。駅の周辺には書店やスーパーがあるが、健司の地元とさほど変わらない規模だった。

駅前は小さなロータリーになっており、バス停のベンチには買い物帰りの主婦が座っている。その隣には散歩途中と思しき老人が腰かけており、気持ちよさげに居眠りしていた。

三月の最終日、時刻は午後三時をまわったところだ。

健司はジーパンにダンガリーシャツ、右手にぶらさげたボストンバッグの上に薄手のブルゾンを乗せていた。他の荷物は宅配便で送ったので、すでに届いているだろう。

気合いを入れて上京したので、拍子抜けしたような、それでいてほっとしたような気分だ。

（思ってたのと違うけど、ここならなんとか……）

やっていけそうな気がする。健司は肩から力を抜くと、下宿に向かって歩きはじめた。

この春から新しい生活がはじまる。

だいぶ遠回りしたが、ようやく大学に合格したのだ。柴山大学――三流ではあるが、そんなことは関係ない。暗くて長い二年間の浪人生活、喩えるなら先が見えないトンネルのような時間に、終止符を打てたことが重要だった。

慌ただしく準備を整えて、たった今、上京してきたところだ。

朝食を摂《と》ってから実家を出発して、バスと列車を乗り継ぎ、鈍行で三時間ほど揺られてやってきた。東京駅についたときは、疲れきっていたうえ、あまりの人の多さにすっかり気後れしてしまった。だから、東京の北東部に位置する福柴駅に降り立ち、穏やかな空気にほっとした。

夢と希望だけではなく、不安も胸の奥に同居している。静岡の小さな町で生まれ育った健司にとって、東京は遥《はる》か遠い場所だった。

（このへんのはずなんだけどな）

歩く速度を落としながら、周囲をキョロキョロ見まわした。

じつは下宿を訪れるのはこれが初めてだ。東京の不動産屋に何軒も電話をかけて、通学圏内でできるだけ安いアパートを探した。上京すると手間と時間がかかるので、電話のやり取りだけで決められるのも条件だった。いくつか候補があがり、最終的には管理人さんがいて安心ということで決定した。

駅前の通りをまっすぐ抜けて、徒歩十五分ほどだと聞いている。古い家が軒を連ねる住宅街で、ときおり商店や飲み屋が点在していた。先ほど目印の銭湯を通り過ぎたので、そろそろのはずだった。

(おっ、これか?)

それらしき建物が見えてきた。

瓦屋根の木造二階建てで、外壁の杉板は渋い色にくすんでいる。曇りガラスが嵌《は》めこまれた引き戸の横の表札には、確かに『さくら荘』と筆書きされていた。

(なんか……すごいところだな)

昭和の遺物といった趣の下宿だった。

なにしろ、築六十年、風呂なし共同便所、月々の家賃は一万五千円という格安物件だ。見るからにオンボロでお世辞にも綺麗とは言えない。それでも、どこか心温まる懐かしさが漂っていた。

いったい、どんな人たちが住んでいるのだろう。

普通のアパートとは異なり、昔ながらの共同玄関の下宿だ。きっと住民たちと顔を合わせる機会も多いはずだ。仲良くやっていかなければと思うと、嫌でも緊張感が高まった。

まずは一階に住んでいるという管理人に挨拶をしなければならない。口うるさい親父《おやじ》だったら大変だなと思いつつ、小さく深呼吸をしてから呼び鈴に指を伸ばした。

ピンポーン——。

ボタンを押すと、奥で間の抜けた音が響き渡った。そして、一拍置いてから足音がパタパタと近づいてきた。

「はーい」

聞こえてきたのは涼やかな女性の声だった。

曇りガラスの向こうに人影が現れて、反射的に背筋が伸びる。その直後、引き戸が軋《きし》みながら開け放たれた。

「あ……」

その瞬間、健司は凍りついたように固まった。挨拶するつもりで身構えていたのに、すべて頭から吹っ飛んだ。

目の前に立っていたのは、思いのほか若い女性だった。

純白のブラウスと若草色のフレアスカートを身に着けており、年の頃は二十代後半といったところか。柔らかい雰囲気で、ストレートの黒髪が春の日差しを受けて輝いていた。

（わあ……）

ぼんやり見惚《みと》れてしまう。

澄んだ湖を思わせる瞳が印象的で、吸いこまれそうな錯覚に囚《とら》われた。ほっこりした感じが、暖かい日だまりを連想させる。それでいながら、スラリとしており、これまで出会ったことのないタイプの女性だった。

さくら荘の住人だろうか。いや、管理人の娘かもしれない。いずれにせよ、この朽ち果てそうな下宿とはおよそ縁のなさそうな、眺めているだけで心が癒される女性だった。

「もしかして――」

彼女の唇が動いて言葉が紡がれる。小首をかしげる仕草が純粋そうで、初対面の健司を警戒する様子はまったくなかった。

「窪塚さんですか？」

顔を覗きこまれて、心臓がドクンッと音を立てる。健司はまともにしゃべることができず、かろうじてこっくり頷《うなず》いた。

「まあ、やっぱり。不動産屋さんからお話はうかがっています」

彼女は満面の笑みを浮かべて、いきなり健司の手を握った。

「えっ……」

「遠いところお疲れでしょう。よろしくお願いしますね」

しかも、両手でしっかり包みこまれて、心臓の鼓動が一気に速くなる。急激に全身が熱くなり、目眩《めまい》がして足もとがよろめいた。

（な、なんだ、この柔らかさは！）

衝撃が全身を突き抜ける。小学校のお遊戯以来、女性と手を繋《つな》ぐ機会はなかった。そんな健司にとって、彼女の柔らかい手のひらの感触は格別だった。

「あ……あ……あなたは？」

ようやく声を絞りだすと、彼女は一瞬ぽかんとして、顔を見るみる赤く染めあげた。

「ご、ごめんなさい、わたしったら……」

はっとした様子で手を離し、火照った自分の頬を挟みこんだ。

「わたし、さくら荘の管理人です」

彼女は恥ずかしげに肩をすくめて自己紹介した。

藤野桜子《ふじのさくらこ》――驚いたことに住民ではなく、彼女がさくら荘の管理人兼大家だという。

「新しい人が入ってくれると聞いて、嬉《うれ》しくって、つい……」

ひとりで照れている姿が可愛《かわい》らしい。健司も顔が熱くなっている。きっと耳まで真っ赤になっていることだろう。

(か、可愛い……可愛いぞ！)

このとき、完全に胸を打ち抜かれていた。大人の女性が照れている姿に胸がキュンッとなった。

恋する瞬間というのは突然、訪れるものらしい。かつてない衝撃で、恋の矢が深々と突き刺さっていた。

「あ、あの、俺――」

とにかく、健司も挨拶しようとする。そのとき、緩やかな風が吹き抜けた。

（うおっ！）
彼女のフレアスカートが大きく揺れて、裾から白い膝がチラリと覗く。たった
それだけで、再び健司の胸は高鳴った。
ストッキングを穿《は》いていない生脚に、自然と視線が吸い寄せられてしまう。滑
らかな双つの膝とわずかに見えた太腿《ふともも》は、一瞬でしっかり網膜に刻まれた。ふく
らはぎはすらりと細く、足首は折れそうなほど締まっていた。
（ダ、ダメだ、どこを見てるんだ）
心のなかで自分に言い聞かせて視線を引き剝がせば、今度はブラウスの胸もと
が視界に飛びこんでくる。こんもり大きく膨らんでおり、ブラジャーのレースが
うっすら透けていた。
（こ、これは！）
おっとりした空気を纏《まと》っているが、抜群のプロポーションの持ち主だ。つい目
を見開き、双つの膨らみを凝視していた。
「く……窪塚です、今日からお世話になります」
なんとか理性を保って自己紹介する。彼女は女神のような微笑を浮かべて頷い
てくれた。

ほんの少し言葉を交わしただけで、瞬く間に心がほぐされてしまった。なにが起こったのか、自分でもよくわからない。とにかく、まだ出会ったばかりだというのに、すっかり魅了されていた。

「古い下宿でがっかりしたでしょう」

「い、いえ、そんな……」

「でも、みんな仲良しで楽しくやってるの。きっとすぐに慣れると思うわ。案内しますね。どうぞ」

桜子にうながされてスニーカーを脱ぎ、板の間にあがった。

正面に階段があり、左手に廊下が奥までつづいていた。少し動くだけで足もとの木がミシッと音を立てる。床が抜けるのではと不安になるが、桜子は慣れているのか気にも留めていなかった。

「東京暮らしは初めてですか？」

「は、はい、右も左もわからないです」

「ふふっ、大丈夫ですよ。一階の一番奥が管理人室だから、なにかあったらいつでも来てくださいね」

こちらの緊張が伝わったのか、桜子がやさしく言葉をかけてくれた。深い意味はなくても、部屋に行ってもいいと思うとドキッとする。健司は平静を装って頷きながら、さくら荘での新生活に思いを馳《は》せた。

これほど麗しい女性が管理人だとは嬉しい誤算だった。これから毎日、彼女と言葉を交わせるのだ。家賃の安さが最大の魅力だったが、この下宿を選んで本当によかったと思う。

「窪塚くんのお部屋は二階の六号室です」

彼女は当たり前のように「窪塚くん」と呼んでくる。それだけで距離が縮まった気がして嬉しくなった。

「とりあえず、荷物を置きにいきましょうか」

軋む階段をあがり、手前から二番目の六号室に案内された。

「狭いけど我慢してくださいね」

「わあ、ここが俺の部屋……」

自分の城という感じがしてテンションがあがった。

六畳の和室で、入ってすぐ横にミニキッチンが備え付けられている。宅配便で送った段ボール箱四つと布団袋が、すでに部屋に運びこまれていた。

畳はささくれ立っており、日に焼けて色褪《あ》せている。もとは白かったであろう壁紙も、黄色っぽく変色していた。しかも、普通に歩くだけで床がミシミシと軋んだ。さすがに築六十年の古さは隠せないが、それでも普通に生活するぶんにはまったく問題ないだろう。

窓には緑色のカーテンがかかっており、照明器具も備えつけだ。和風の笠に丸形蛍光灯という古いタイプも、かえって味があって気に入った。

「あっ、あれはもしかして……」

ボストンバッグを置いて窓を開けると、彼方に天を衝《つ》く勢いでそびえているタワーが見えた。

「スカイツリーです。ちょっと遠いけど、よく見えるでしょ」

桜子がにこやかに説明してくれる。二階の部屋の窓からスカイツリーが見えるのが、さくら荘の自慢だという。

「いいですね、とっても気に入りました」

「よかった。じゃあ、一通り説明しておきますね」

健司の反応を見て、桜子はほっとした様子で話しはじめた。

管理人室を除き、一階に三つ、二階に四つの計七部屋。健司が入居して四部屋が埋まるという。トイレは一階と二階の廊下の突き当たりだ。風呂はないので、住民は近所の銭湯『福柴湯』を利用していた。

「なにかご質問はありますか？」

「えっと……」

「そうそう、玄関の引き戸だけど、滑りが悪いから気をつけてね。コツがあるの、ちょっと見に行きましょうか」

桜子に連れられて再び一階に降りていく。そのとき、ちょうど玄関の引き戸がガタッと音を立てた。勢いよく開いたかと思うと、濃紺のスーツを着た女性が入ってきた。

一見して華やかで都会的な感じがする女性だった。

ダークブラウンのふんわりした髪を肩に垂らしている。ウエストは細く締まっており、ジャケットの襟は大きな乳房で押しあげられていた。

タイトスカートの裾から、ヌーディベージュのストッキングに包まれた太腿が露出している。ただ細いだけではなく適度に肉がついているのが健康的で、思わず頬擦りしたい衝動がこみあげた。

（わぁっ、東京の女の人だ）

田舎育ちの健司が想像する東京のＯＬそのものだ。ほっこり癒し系の桜子とは対照的なタイプだった。

　彼女はさくら荘の住人なのだろう。見ず知らずの健司に訝《いぶか》るような瞳を向けてくる。それでも、桜子がいたことで安心したのか、しなやかな仕草でパンプスを脱いであがってきた。

「美咲《みさき》ちゃん、お帰りなさい。今日は早いのね」

「ただいま。有給を消化しなくちゃいけないから早退したの。で、こちらは？」

　桜子が声をかけると、彼女は挨拶もそこそこに質問してくる。どうやら、かなりせっかちな性格らしかった。

「今日から住むことになった窪塚健司くんよ」

「く、窪塚です、よろしくお願いします」

　なんだか気むずかしい感じの女性だ。第一印象が肝心だと思い、深々と腰を折って挨拶した。

「こちらは、一号室の河北《かわきた》美咲ちゃん」

　美咲は商社に勤務するＯＬだという。

　桜子の言葉に頷くと、美咲は探るような瞳を向けてくる。同じ下宿に住む者として相応《ふさわ》しいかどうか、チェックされている気がした。

「キミ、学生？」

「はい！」

健司が背筋を伸ばして答えれば、美咲は顔をまじまじと覗きこむ。シャンプーの甘い香りが鼻腔《びこう》をくすぐり、額にうっすら汗が滲《にじ》んだ。

（なんなんだ、この人……）

住民に審査されるとは思いもしない。数秒後、彼女はふっと表情を緩めて、意外にも人懐っこい笑みを浮かべた。

「そう、よろしくね」

「よ、よろしくです」

戸惑いながらも答えると、美咲はさらに距離を詰めてくる。そして、いきなり肩をバシッと叩《たた》かれた。

「痛っ！」

「キミ、なかなか面白いじゃない」

よくわからないが、どうやら気に入られたらしい。ほっとして小さく息を吐きだすと、どこからか電話の着信音が聞こえてきた。

「あら、わたしの部屋かしら？」

「桜子さん、行っていいですよ。健司の相手はわたしがしてるから」

美咲がさらりと呼び捨てにするが、不思議と悪い気はしない。むしろ、下宿の仲間として受け入れられたようで嬉しかった。

「じゃあ、ちょっとだけお願いね」

桜子が足早に部屋へと向かい、健司と美咲が残された。

「あの、河北さん――」

今のうちに桜子のことを聞いておこうと話しかける。ところが、すかさず美咲が言葉を重ねてきた。

「美咲でいいわよ」

「はい？」

「さくら荘に住むなら、堅苦しいのはナシね」

なるほど、アットホームな雰囲気の下宿なのだろう。桜子もみんな仲良しだと言っていた。そういうことなら、遠慮するのはかえって失礼になる。

「では……み、美咲さん」

声が少し震えてしまう。初対面の女性を名前で呼ぶのは照れ臭い。しかも、彼女はこれまでまったく縁のなかった都会的な美女だった。

「どうぞ、聞きたいことがあるんでしょ」

美咲は満足したのか大きく頷いてみせる。そして、なんでも聞きなさいとばかりに腕組みをした。

つい視線が彼女の胸もとに向いてしまう。腕を組んだことで、大きな乳房がますます強調されていた。懸命に視線を引き剝がし、小さく息を吐きだして平常心を保った。

「べ、別にたいしたことじゃ……あ、そういえば、管理人さんって結婚してるんですかね？」

さりげなさを装って尋ねたつもりだ。すると、美咲は唇の端に笑みを浮かべて、健司の目を覗《のぞ》きこんできた。

「桜子さんのなにが知りたいの？」

「い、いや、別に……」

「三十二歳、バツイチ」

唐突に衝撃の事実を告げられて、健司は言葉に詰まってしまう。三十二歳というのも意外だったが、なにより離婚経験があるとは驚きだった。

「そう……なんですか」

急に桜子が手の届かない大人の女性に感じられた。

自分は二十歳の大学生に過ぎない。結婚と離婚を経験した彼女にとって、健司は世間知らずの子供でしかないだろう。考えるまでもなく、バランスが取れていなかった。

「なにわかりやすく落ちこんでるのよ。これじゃあ、わたしが悪いこと言ったみたいじゃない」

彼女はなにも悪くない。健司の質問に答えてくれただけだった。

「ちなみに、わたしは二十六歳で独身よ。でも、軽い女と思わないでね」

美咲は嫌な空気を変えようと思ったのか、急に軽い調子で自分のことを話しはじめた。

「へえ……二十六ですか」

「ちょっと、なにそれ。興味ないのバレバレじゃない」

美咲が不満げにつぶやき、キッとにらみつけてくる。健司は慌てて顔の前で手を振った。

「い、いえ、そんなことは……美咲さんはとっても魅力的です」

「ふふっ、可愛いこと言うじゃない。許してあげる」

すっかり美咲のペースに巻きこまれて、気づくと落ちこんでいた気持ちが楽になっていた。彼女は好き勝手なことを言っているように見えるが、じつは意外と気を使う性格だった。

「でもさ、真面目な話、桜子さんに惚《ほ》れても無駄よ」

美咲が声のトーンを落として耳打ちしてくる。先ほどとは異なり、真剣な表情になっていた。

「どういうことですか？」

「ふうん、やっぱり気になってるんだ」

「ち、違いますよ」

図星を指されてしどろもどろになってしまう。自分では上手く隠しているつもりでも、内心を完全に見透かされていた。

「まあ、そのうちわかるわよ」

なにやら含みのある言い方だ。美咲はなにかを知っているようだが、それ以上は教えてくれなかった。

「ごめんなさいね」

そこに桜子が戻ってきた。

あまりいい電話ではなかったのか、若干表情が陰っている。美咲もそのことに気づいて、いっそう明るい声を出した。

「今夜、健司の歓迎会をやらない？」

「あら、いいですね。楽しそうじゃない」

桜子の表情がぱっと華やいだ。

「そこまでしていただかなくても……」

恐縮して口を挟むが、美咲と桜子はすっかり盛りあがっている。健司の言葉は耳に入らないらしく、勝手に話が進んでいった。

2

その日の夜、さくら荘の六号室で健司の歓迎会がはじまった。

六畳間の真ん中に置いた段ボール箱をテーブル代わりに、みんなで缶ビールを飲んでいる。急遽《きゅうきょ》だったので、つまみはコンビニで調達した惣菜《そうざい》とスナック菓子という手軽なものだった。

健司と桜子と美咲、それに二人の住民も加わっている。六畳間に五人は、さすがに窮屈だった。

「ところで、なんで俺の部屋なんですか？」

素朴な疑問を口にする。なぜか歓迎会は健司の部屋で行われているのだ。すると、右隣に座っていた美咲が肩に手をまわしてきた。

「文句言わないの」

少し酔いがまわっており、目もとがほんのり染まっている。スーツから薄手のシャツとふんわりしたスカートに着替えたことで、都会の美しいＯＬから気さくだけど近寄りがたいお姉さんになっていた。

「うっ……」

彼女の吐息が耳を掠《かす》めて、背筋にゾクゾクっと快感電流が走り抜ける。なんとか声をこらえるが、美咲はさらに身を寄せてくる。結果として、シャツを押しあげている大きな乳房が二の腕に柔らかく押し当てられた。

「キミの部屋が一番片付いてるんだから」

美咲は機嫌よく言うと、ビールをひと口うまそうに飲んだ。実際は片付いているわけではなく、まだ物がないだけだった。

（そんなことより、おっぱいが……）

腕に触れている乳房が気になって仕方がない。ほんの少しだけ肘を突き出すと、柔らかい乳肉がプニュッとひしゃげた。

（うほっ！　す、すごいぞ）

童貞の健司には、強すぎる刺激だった。

奥手な性格で、これまで女性と付き合ったことがない。手を握った経験すらないのだから、こうして触れ合うのも初めてだった。

（や、やばい……）

股間がむずむずしている。このままでは勃起してしまう。いくらジーパンを穿いているとはいえ危険な状況だった。

「窪塚くん、ごめんなさいね」

段ボール箱のテーブルを挟んで向かい合っている桜子が、申し訳なさそうに声をかけてきた。

「疲れているところに、みんなで押しかけたりして」

彼女に謝られると悪い気はしない。桜子は気を使って、宅配ピザを頼んでくれた。実家で頼んでいたものとはまるで違う、華やかで豪華なピザだった。

「なんかすごく楽しいです」

正直な気持ちを口にすると、健司の左隣に黙って座っていた女性がコクリと頷いた。

「たまには、みなさんで集まるのもいいですね」

蚊の鳴くような声だった。

ひとり言なのか、健司に向けられた言葉なのか判断がつきかねる。思わず視線を向けると、彼女は恥ずかしげにうつむいた。

遠藤《えんどう》香澄《かすみ》――一階の二号室に住んでおり、健司と同い年の二十歳。しかも、現役で柴山大学に合格した先輩で、この春から文学部の三年生だという。

とはいえ、東京の女子大生らしい華やかさはない。グレーのフレアスカートに長袖Tシャツ、その上に紺色のカーディガンを羽織っている。セミロングの黒髪を後ろでまとめてゴムで縛り、生真面目そうな銀縁の眼鏡をかけていた。

とにかく、無口で無愛想なので話しかけづらい。最初に挨拶をしたきり、まだ言葉を交わしていなかった。

（なんか、俺と似てるかも……）

健司も人とコミュニケーションを取るのが苦手で、とくに異性となると緊張してしまう。香澄を見ていると、どことなく自分と似た匂いを感じた。

香澄は体育座りをして、両手で包みこむように缶ビールを持っている。相変わらず無表情だが、ちびちび飲む仕草がリスのようで愛らしい。この部屋に留まっているということは、彼女なりに楽しんでいるのだろうか。

「香澄、ビールあるよ」

美咲が脇に置いてあるコンビニ袋から缶ビールを取り出した。

「これ渡してあげて」

「あ、はい……あの、どうぞ」

必然的に間に座っている健司が中継することになる。美咲から缶ビールを受け取り、少し緊張しながら香澄に差し出した。

「どうも、ありがとう」

一瞬チラリと見るが、すぐに視線を逸《そ》らしてしまう。それでも、彼女は缶ビールを受け取ってくれた。

「お酒、好きなんですか？」

せっかくの機会なので、思いきって話しかけてみる。ところが、香澄は立てた膝に顔を埋めて、意識的に健司と目を合わせないようにした。

「それほどでも……」

やはり声は消え入りそうだった。

素っ気ない態度を取られるほど気になり、つい横顔を凝視してしまう。肌は白くて肌理《きめ》が細かく、染みひとつ見当たらない。耳は小さくて愛らしく、瞳はぱっちりしていた。

（へえ、よく見ると……）

整った顔立ちをしているなと思ったときだった。

「どうして、この下宿に決めたんだい？」

ふいに里山《さとやま》吾郎《ごろう》が尋ねてきた。

吾郎は二階の四号室に住んでいる二十二歳の浪人生だ。痩せた体で髪は伸び放題。よれよれのTシャツにジーパンを穿いている。美大を志望しているが、今年の受験も失敗して、ついに五浪目に突入することが決定したという。

吾郎は美咲の隣に座り、缶ビールをうまそうに飲んでいる。大学に受かった健司に対して、普通なら複雑な感情があってもおかしくない。それなのに、人のよさそうな笑みを振りまいていた。

「せっかく大学生になったんだから、こんなボロ下宿じゃなくて、もっといいところに住めばいいのに」

「ちょっとゴロちゃん。それ、桜子さんに失礼だから」

すかさず美咲が肩を叩いて突っこむと、吾郎はようやく失言に気づいてボサボサ頭に手をやった。

「すみません、悪気はなかったんです」

慌てて謝罪するが、とうの桜子はまったく気にしている様子はない。それどころか、すべてを包みこむような微笑を浮かべていた。

「いいのよ、本当のことだから」

あくまでも、桜子の表情は穏やかだった。

「ちょうどいい機会だから話しておきますね。さくら荘は、わたしの祖母がはじめた下宿なの」

嚙《か》みしめるような口調で、桜子がさくら荘の歴史を話してくれた。

もともと祖母が趣味ではじめた下宿で、商売っ気がなく当時から家賃は安かった。祖母が病死した後は父親が引き継いだ。父親は商社に勤める会社員で安定した収入があったため、安い家賃をそのまま継続したという。

ところが三年前、不慮の事故で両親が他界し、建物の老朽化もあってさくら荘は存続の危機に晒《さら》された。当時、桜子は実家を出ていたが、悩んだ末に下宿を継ぐことを選んで戻ってきた。

桜子が大家になってからの経営は決して楽ではない。それでも、今のところ家賃を値上げするつもりはないという。

「わたしたちがいるから、遠慮してるんじゃないの？」

横から美咲が口を挟んでくる。両親が健在のときから、美咲と吾郎は住んでいるという。

「少しくらい値上げしてもいいのにって、この間、ゴロちゃんとも話してたのよ。わたしたちは、さくら荘がなくなっちゃうほうが困るんだから」

美咲の言葉に同意して吾郎も大きく頷いた。二人は古株だけあって仲がいいようだった。

「美咲ちゃん、吾郎くん、ありがとう。でも違うの。家賃を高くしたら、新しい人が入ってくれないでしょ」

桜子はじつに穏やかな表情を浮かべている。無理をしている様子はない。慈愛に満ちた表情だった。

「わたしひとりが食べていければいいんだもの。本当に苦しくなったら、そのときは相談するわね」

この話はお終《しま》いと言うように、桜子がビールをクッと飲んだ。彼女の頬が桜色に染まっていくのを、健司はぼんやり眺めていた。

「で、健司はどうしてこの下宿を選んだの？」

先ほどの話題を蒸し返したのは美咲だ。彼女の目もとも染まっており、妙に艶《なま》めかしく感じられた。

「俺の話なんて面白くないですよ」

「お？　生意気言うね。今日はキミの歓迎会なんだから、キミの話を聞かないでどうするの」

またしても肩に手をまわされて、プロレスのヘッドロックのように頭を締めつけられる。乳房が頭に当たり、柔らかく形を変えるのがわかった。

「ちょ、ちょっと、美咲さんっ」

「ギブ？　ギブ？」

実際、本気で技をかけているわけではないので、まったく痛みは感じない。マシュマロのような乳房の感触に戸惑っているだけだった。

「わ、わかりました、話しますから」

懸命に訴えると、美咲が手を離してあっさり解放された。

もう少し乳房の感触を味わっていたいところだったが、そうなると勃起するのは間違いなかった。

「ようし、聞かせてもらおうじゃない」

尋ねてくるのは美咲だが、吾郎も身を乗りだしてくる。桜子も興味津々といった感じで瞳を向けていた。香澄は不自然なほどこちらを見ないが、聞き耳を立てているのは雰囲気でわかった。

こういったアットホームな下宿で暮らすのだから、住民の素性をある程度知りたいと思うのは当然だろう。普通のアパートとは異なり、まったく交流しないわけにはいかなかった。

「できるだけ安いところを探してたんです」

健司は仕方なく口を開いた。面白くない話だとわかっているので、できるだけ軽い口調を心がけた。

実家は静岡でネジ工場を経営している。とはいっても、いつ潰れてもおかしくない零細だ。二浪しているので、これ以上、親に負担をかけたくなかった。学費だけ出してもらい、生活費はアルバイトで稼ぐことに決めていた。

「それで、不動産屋さんにさくら荘を勧められたんです」

「へえ、偉いじゃない。若いのに感心だわ」

美咲が冗談とも本気ともつかない様子でつぶやく。すると、吾郎も感慨深げに頷いた。

「ご両親にとっては自慢の息子だよ。じゃあ、将来は町工場の社長かな」

「いえ……」

声が硬くなるのがわかった。一番触れたくない話題だ。言葉が鋭くならないように気をつけた。

「工場は弟が継ぐんじゃないかな、俺より出来がいいから」

さらりと告げたつもりだが、うまくいっただろうか。

両親と弟に対しては複雑な思いがある。誰にも打ち明けたことはないが、常に深い溝を感じていた。

「ね、面白くないでしょう？」

溢《あふ》れそうになる気持ちをぐっと呑《の》みこみ、作り笑顔を浮かべてみせる。すると、吾郎が苦笑を漏らして頭に手をやった。

「お恥ずかしい、俺は五浪だからな」

吾郎は群馬の山深い場所にある村の出身だ。美大を目指して浪人生活を送っており、割りのいい警備員のアルバイトで生活費を稼いでいるという。

「いえいえ、吾郎さんはすごいですよ」

健司は二浪の段階で妥協に妥協を重ねて、どこでもいいからと片っ端から受験した結果、たまたま一校だけ引っかかっただけだ。だから、なおのこと五浪しても頑張っている彼が眩《まぶ》しく見えた。

「そうよ、吾郎くんのこと、みんなで応援してるわ」

桜子も同意してくれる。声をかけられた吾郎は、ばつが悪そうに「頑張ります」とつぶやいた。

「わたしは、いい男を見つけて玉の輿《こし》に乗るの」

突然、美咲が大きな声を張りあげる。そして、健司の肩にもたれかかり、耳もとで語りはじめた。

「だから、自分磨きにお金をかけてるってわけ。エステとかネイルとかジムとか、それに服も大事でしょ。そうすると、家賃を削るしかないのよね」

いい男を釣るために日々努力しているという。つまり、将来を見据えて家賃が格安のさくら荘に住んでいるのだ。普通は隠しておくことを、あっけらかんと語る飾らない性格に好感が持てた。

（きっと素直な人なんだな……）

健司の地元にはいなかったタイプだ。話せば話すほど魅力が滲み出てくる不思議な女性だった。

「これまで付き合ってきたのは、ろくでもない男ばっかり。あ～あ、どっかにいい男いないかなぁ」

美咲は缶ビールをグイッと飲み干し、うながすような瞳を香澄に向けた。

「あなたのことも、少し話しておきなさいよ」

「わたしは……」

やはり口下手なのだろう。香澄の顔が赤くなっているのはビールのせいだけではない。健司と目を合わせることもできず、もごもごと口籠もった。

「無理をしなくてもいいんじゃない？」

助け船を出したのは桜子だ。香澄が困っているのを見かねて、諭すように語りかけた。

「時間はあるんだから、少しずつ仲良くなっていきましょう。ね、美咲ちゃんもそう思うでしょ？」

「まあ、桜子さんがそう言うなら……」

美咲は不服そうだったが、それでも桜子の言葉に従った。

（やっぱりいいなぁ）

健司の目は自然と桜子に向いてしまう。

言動のひとつひとつが気になり、さらに心が惹《ひ》かれていく。彼女の温かさが貴いものに感じられた。

「じゃあ、飲み直そうか」

吾郎が新しい缶ビールをみんなに配る。まだまだ飲むつもりらしい。

「ようし、今夜は徹底的に飲むぞっ！」

美咲が雄叫《おたけ》びをあげれば、桜子が笑顔を見せる。香澄もわずかに口角をあげて、右手に持った缶ビールを掲げた。

「カンパーイ！」

管理人と住民四人であらためて乾杯する。なんだかんだ大騒ぎしながら、さくら荘の夜は楽しく更けていった。

3

「んんっ……」

重い瞼《まぶた》を開けると、天井で煌々《こうこう》と灯《とも》っている丸形蛍光灯が目に入った。

体が痛い。頭の芯がぼーっとしている。どうやら、畳の上で寝てしまったらしい。自分の体を見おろすと、ダンガリーシャツにジーパンのままだった。

昨夜は歓迎会で大いに飲んだ。

途中で桜子が自室に戻ったのは覚えている。

——お酒、あんまり強くないの。ごめんなさい、眠くなっちゃったわ。

彼女はそう言って、ふらふら部屋から出ていった。

一階まで送ろうかと思ったが、美咲にからかわれるのが嫌で我慢した。その後は四人でさらに飲み、いつの間にか酔っぱらって寝てしまった。

(調子に乗って飲みすぎたな……)

腕時計を確認すると、すでに夜中の三時をまわっている。布団を敷かなければと思うが面倒だった。

このまま寝てしまおうと寝返りを打つ。そのとき、思いがけない光景が視界に飛びこんできた。

（わっ……）

喉もとまで出かかった声を懸命に呑みこんだ。

なんと、すぐ隣に美咲が横たわっていた。しかも、シャツのボタンが上から三つも外れており、白い乳房の谷間が見えている。さらには淡いピンクのブラジャーまでチラリと覗いていた。

（な、なんだこれは？）

柔肌とレースの組み合わせが素晴らしく、眼球がこぼれ落ちそうなほど両目を大きく見開いた。

美咲は微《かす》かな寝息を立てている。周囲に視線を巡らせると、段ボール箱のテーブルの向こうで香澄と吾郎が横たわっていた。

周辺には潰れたビールの空き缶がいくつも転がっている。まったく記憶にないが、みんなで酔い潰れたらしい。いつの間にか雑魚寝をしていたのだ。

（起こしたほうが……でも……）

せっかくの光景を脳裏に刻みこんでおきたい。童貞の健司にとっては貴重な体験だ。これまで女性の身体《からだ》を間近で見る機会など一度もなかった。

息を殺し、再び隣に顔を向けた。

美咲は静かに睫毛《まつげ》を伏せて、左腕を下にして横たわっている。シャツの襟もとは大きく開き、魅惑の谷間が惜しげもなく晒されていた。

呼吸するたび、乳房が規則正しく上下する。染みひとつない肌は瑞々《みずみず》しくて張りがあり、凪《な》いだ海のように微かに波打っていた。

(ああ、なんて素晴らしい景色なんだ)

眩《まばゆ》い柔肌に見惚れて、思わず溜《た》め息が溢れ出す。全身の血液が股間に流れていくのがわかり、ボクサーブリーフのなかでペニスがむくりと頭をもたげた。

(ちょ、ちょっと、見るだけなら)

彼女の下半身へと視線を滑らせる。すると、驚いたことにスカートが大きく捲《まく》れていた。

「くぉっ……」

今度こそ声が漏れかけるが、とっさに奥歯を食い縛った。

太腿が付け根近くまで覗いている。ストッキングを穿いていないので、なおのこと艶めかしい。太腿は日頃から鍛えているのか、細すぎず太すぎず適度に引き締まっていた。

（す、すごい、なんて色っぽいんだ）

足首は細く締まっており、ふくらはぎは優美な曲線を描いている。もちろん、臑《すね》にも太腿にも無駄毛は一本も見当たらなかった。

美咲は少々口うるさいところがあり、酒癖もいいとは言えないが、モデルのようにパーフェクトな女体だった。自分磨きに余念のない彼女は、数年前からスポーツジムに通っていると言っていた。

（これが、東京の女の人……）

衝撃的な光景を目にして、もはや健司の視線は釘付けだった。

瞬きする間も惜しんで、抜群のプロポーションを誇る女体に視線を這《は》いまわらせる。眼球が乾燥してくるが、そんなことは関係ない。一秒でも長く、この夢のような光景を眺めていたかった。

（ヤ、ヤバい……）

男根は完全に屹立《きつりつ》している。先走り液でボクサーブリーフの内側を濡らし、ジーパンのぶ厚い生地を押しあげていた。

再び乳房の谷間に視線を戻す。柔肌によって作られた渓谷が、健司のなかの牡《おす》を刺激する。ペニスはさらにひとまわり大きくなり、もはや痛いくらいに突っ張っていた。

こうして並んで横たわっているだけでも、興奮は最高潮に達している。もし触れることができたら、それだけで暴発してしまうのではないか。そんなことを考えていると、実際に触ってみたくてたまらなくなった。

（ちょっとくらいなら……い、いやダメだ）

美咲は気持ちよさそうに眠っている。ほんの少し触れるだけなら大丈夫ではないか。そう思う一方で、バレたときのことを考えると実行できない。結局、悶々としながら見ていることしかできなかった。

「はあンっ」

そのとき、美咲が小さな声を漏らした。わずかに身をよじり、乳房がゼリーのように柔らかく弾んだ。

慌てて狸寝入りするが、起きたわけではないらしい。彼女は目を開けることなく、再び寝息を立てはじめた。

（ようし、こうなったら……）

もう我慢できない。ぐっすり眠っているので、朝まで目を覚ますことはないだろう。健司は意を決して自分の股間に右手を伸ばした。

「うっ」

ジーパンの上からペニスをそっと撫でてみる。ほんの軽い刺激だが、快感電流が全身を駆け巡った。

この異常なシチュエーションが感度を増幅させているのだ。美咲はもちろん、香澄と吾郎にも気づかれるわけにはいかない。危険と背中合わせの状況が、かつて経験したことのない悦楽を生みだしていた。

「くっ……うむっ」

硬くなった幹を、ジーパン越しに握りしめる。ゆったりしごくと、先端から我慢汁が溢れ出すのがわかった。

(こ、このまま……)

頭では危ないとわかっているがやめられない。刺激を与えつづければ、すぐに最高の瞬間が訪れるのだ。一刻も早く、溜まりに溜まった欲望を吐き出してしまいたかった。

4

「なにをしてるのかな?」

しごく速度をあげようとしたそのとき、ふいに美咲が目を開けた。囁《ささや》くような声だが破壊力は抜群だ。健司は驚きのあまり、瞬間冷却されたように全身を硬直させた。

「い、いや、これは……」

股間に手をあてがったまま動けなくなる。美咲は瞳だけ動かして下半身を見やると、再び健司の目を覗きこんできた。

もう言い訳のしようがない。ジーパンの上から竿《さお》を握っているところを見られてしまったのだ。顔からサーッと血の気が引いて、暑くもないのに全身の毛穴から汗が噴きだした。

(マズい……マズいぞ)

悲鳴をあげられたら一巻の終わりだ。下宿を追い出されるだけで済めばいいほうだ。どんな問題に発展するか想像もつかなかった。

いったい、いつから起きていたのだろう。美咲は至近距離からじっと見つめてくる。表情から感情を読み取ることはできない。怒っているのか悲しんでいるのか、まったくわからなかった。

「なにをしていたの？」

またしても美咲が穏やかな声で尋ねてくる。とりあえず、悲鳴や大声をあげる様子はなかった。

「そ、それは、その……」

まさかオナニーしていたなどと言えるはずもなく、しどろもどろになってしまう。すると、彼女は目に力をこめて、無言のプレッシャーをかけてきた。

「す……すみませんでした」

もうこれ以上は耐えられない。健司は声を潜めて謝罪した。言い逃れできないのなら謝るしかない。無駄だと思っても、今の健司にできるのは謝ることだけだった。

「謝って許される問題じゃないわよ」

なぜか美咲も声のトーンを落としている。香澄と吾郎を起こさないように、気を使っているのだろうか。

「本当にすみません」

「ところで、いつまで握ってるつもり？」

指摘されて、まだ男根を握っていたことに気がついた。慌てて股間から手を離すが、ジーパンには太幹の形がくっきり浮かんでいる。手で隠すのもおかしいので、気まずいまま顔をうつむかせるしかなかった。

「まったく……どうしてそんなことしたの？」

美咲は呆《あき》れたようにつぶやき、大きな溜め息を漏らした。

「それは、美咲さんが……」

「わたしが？」

途中で言い淀《よど》むと、すぐにうながしてくる。今さら誤魔化したところで、どうにもならなかった。

「美咲さんが、あんまり綺麗だったから、つい……」

本当のことを言うと、美咲は驚いたように目を丸くする。そして、すぐに表情をふっと緩めた。

「あら、素直じゃない」

横たわったままにじり寄ってくる。息がかかるほど顔が近づき、こんなときだというのに胸の鼓動が速くなった。

「素直な男の子は嫌いじゃないわ」

どうやら、綺麗と言われたのが嬉しかったらしい。美咲の瞳は夜空で瞬く星のように輝いていた。

「もしかして、童貞？」

すべてお見通しなのか、確信に満ちた言葉だった。

「は……はい」

返事をした途端に赤面する。童貞であることを認めるのは、裸を晒すようで気恥ずかしかった。

「じゃあ、仕方ないな……わたしも最近してなかったし、お姉さんが教えてあげるわ」

美咲がさらに身体を寄せてくる。健司は全身を硬直させたまま、指一本動かせなかった。

「ンっ……」

彼女の唇が頬に触れてくる。チュッ、チュッとついばむようにしながら、やがて唇に到達した。

（わっ、キ、キス……キスしてるんだ！）

その瞬間、頭にカッと血が昇った。これが健司のファーストキスだ。オナニーを見つかり焦っていたのに、なぜか美咲とキスしている。柔らかい唇がやさしく重ねられているのだ。

「ふふっ、キスしちゃった」

美咲が唇を離しても、健司は固まったままだった。

驚きのあまり言葉にならない。これほど唐突にファーストキスを経験できると思わなかった。東京の美人ＯＬとキスできたことで、身も心も痺《しび》れたようになっていた。

（さっき、教えてあげるって……まさか？）

目だけ動かして、段ボールの卓袱台《ちゃぶだい》の向こうを見やる。香澄と吾郎は並んで横たわり、静かに寝息を立てていた。

「キスも初めてだった？」

答える前に再び唇が重ねられる。健司は仰向けになっているため、美咲が覆いかぶさる格好だ。両手で頬を挟みこまれて、唇がぴったり密着してきた。

「ンンっ」

彼女の鼻にかかった声とともに、舌先で唇を舐《な》められる。閉じ合わせた部分をくすぐられて、困惑しながらも力を緩めていく。すると、すかさず舌がヌルリと入りこんできた。

「あふっ……はむンっ」

甘い吐息を吹きこまれて、同時に口内を舐めまわされる。歯茎にそっと舌先が這いまわり、さらには頬の内側にまで伸びてきた。粘膜を念入りにしゃぶられることで、気分がどんどん高揚していく。

（キスが、こんなにいやらしいなんて……）

ファーストキスの直後に、ディープキスまで経験している。濃厚すぎる大人のキスに、脳髄が蒸発しそうな興奮を覚えていた。

奥で縮こまっていた舌を絡み取られて、唾液とともに吸いあげられる。全身が蕩《とろ》けていくのに、ペニスだけは反対に硬度を増していく。いつしか鉄棒のように硬くなり、ジーパンを突き破る勢いでいきり勃った。

「キスって気持ちいいでしょ？」

美咲はキスをしながら、片手を下半身に伸ばしてくる。テントを張ったジーパンの股間を、柔らかい手のひらで覆ってきた。

「ううっ……そ、そこは……」

「すごく硬くなってるわ。興奮してるのね」

やさしく撫でまわされると、快感の微弱電流が波紋のようにひろがった。股間から四肢の先に向かって、愉悦が次から次へと伝播《でんぱ》していた。

「苦しいでしょ」

彼女はベルトに手をかけると、ジーパンを脱がしにかかる。ボタンを外してファスナーをおろし、ジーパンを一気に膝までずりさげた。

「わっ……」

「し……声を出しちゃダメよ」

立てた人差し指を、唇に押し当ててくる。健司が慌てて唇を閉じると、彼女はボクサーブリーフも膝まで引きおろした。

「あンっ、すごいわ」

屹立した肉柱がブルンッと鎌首を振って跳ねあがる。逸物《いちもつ》はこれ以上ないほど勃起しているが、亀頭は半分ほど皮を被《かぶ》っていた。

「ふふっ、大きくて立派よ」

「そ、そんなに見ないでくださ――ううっ」

恥ずかしくて逃げだしたくなるが、彼女は構うことなく竿に指を巻きつけてくる。そして、亀頭にかかっている皮を、カタツムリが這うような速度で剝《む》きおろした。

「うぅっ……くぅぅっ」

プラムのように張り詰めた亀頭が露わになる。すでに我慢汁まみれで、蛍光灯の光をヌラヌラと反射した。

美咲の白くて細い指が、太幹を緩やかにしごきはじめる。またしても快感が湧きあがり、亀頭の先端から透明な汁が溢れだす。全身に力が入って背筋が反り返ったそのとき、畳がミシッと音を立てた。

（ヤバい！）

はっとして香澄と吾郎に視線を向ける。誰かが目を覚ましたのかと思ったが、二人は並んで横たわったまま眠っていた。

寝返りを打っただけかもしれない。安堵《あんど》して息を吐きだすが、美咲は構うことなく太幹をしごきつづけている。バレることを恐れないどころか、この危険な状況を楽しむようにペニスに刺激を与えていた。

「や、やっぱり、まずくないですか？」

抑えた声で告げるが、彼女はまったく聞く耳を持たない。健司が焦れば焦るほど、美咲は面白がって手筒をリズミカルに動かした。

「ダ、ダメです……くううっ」

「どんどん硬くなるわ。童貞ってすごいのね」

カウパー汁が竿を流れ落ちて、彼女の指も濡らしてしまう。結果として潤滑油の役割を果たし、快感が一段と大きくなった。

「うっ……うぅっ」

カリ首を擦《こす》られるたび、呻《うめ》き声が漏れてしまう。懸命に下唇を噛んでこらえるが、腰は恥ずかしいほど痙攣していた。

「ここがいいの？　ねえ、ここが感じちゃうの？」

添い寝をした美咲が、耳もとで囁きかけてくる。熱い息を吹きこまれると、背筋がゾクゾクする悦楽がひろがった。

「んんっ」

「そうよ、我慢してね。もう少し我慢できたら、もっといいことしてあげる」

「そ、それって……くうっ」

本当に初体験をさせてくれるのだろうか。期待感が高まると同時に、全身の感度が一気にあがった。

（き、気持ちいいっ……でも、まだイッちゃダメだ）

こんなチャンスは二度とないかもしれない。健司は自分の太腿に爪を食いこませて、射精感を必死に抑えこんだ。

「くっ……ううっ」

「頑張るじゃない、そんなにわたしとしたいの？」

美咲は唇の端に笑みを浮かべると、逸物から手を離してしまう。急に快感が途切れてがっかりするが、彼女は上半身を起こしてシャツを脱ぎはじめた。ボタンを外して肩を抜くと、ピンクのブラジャーが露わになった。

「わ……み、美咲さん」

健司は思わず生唾を呑みこんだ。白くて深い谷間が目の前に迫っている。夢のような光景が、手を伸ばせば届く距離にひろがっていた。

「そんなに見られたら、穴が空いちゃうわ」

さらにスカートもおろすと、ブラジャーとセットのピンクのパンティが見えてくる。小さな布地がこんもり膨らんだ恥丘に張りついており、健司は無意識のうちに首を持ちあげて凝視していた。

「仕方ないな、童貞だもんね」

　畳の上で膝立ちになり、引き締まった女体を見せてくれる。ダイエットのテレビコマーシャルのようにウエストが絞られて、うっすら腹筋が浮かんでいた。それでいながら、バストはボリュームたっぷりで、ヒップも肉づきがよく膨らみの頂点が上を向いていた。

「どう？　ボクササイズで鍛えてるのよ」

「す……すごく素敵です」

　お世辞ではない。本心からの言葉だった。東京のスタイル抜群なお姉さんのセミヌードだ。見ているだけでもザーメンを噴きあげそうなほど、ペニスが鋼鉄のごとく硬化していた。

「健司って本当に素直ね……いいわ、全部見せてあげる」

　美咲は満更でもない様子で言うと、なぜか体育座りの姿勢になって背中を向けてしまう。そして、肩越しにゆっくり振り返った。

「ブラ、外してくれる？」

「お、俺が……ですか？」

　白い背中に貼りついたピンクのブラジャーを見ただけで、頭に血が昇ってしまう。女性経験ゼロの健司には、あまりにもハードルが高すぎる作業だ。ところが、彼女は早くしなさいとばかりに目でうながしてきた。

「じゃ、じゃあ……」

気後れするが、その一方でやってみたい気持ちもある。意を決して上体を起こし、震える指をブラジャーのホックに伸ばしていった。

「こ、こうかな……ん？」

極度の緊張のせいか上手く外れない。背中に触れてはいけない気がして、なおさら指が震えてしまう。ホックの構造は単純だと思うが、何度トライしても外れなかった。

（くっ……どうなってんだ？）

これを外せないと、初体験がお預けになるのではないか。そんな強迫観念が湧きあがり余計に焦ってしまう。せっかくのチャンスを逃したくなくて、額に冷や汗が滲みはじめた。

「外れない？　こうするのよ」

美咲が両手を背中にまわしてくる。そして、あっさりホックを外して、ブラジャーを女体から引き剝がした。

「数をこなすことね。コツを覚えれば簡単だから」

美咲が身体ごと、ゆっくり向き直った。

「お……おおっ」

とっさに口を押さえてくぐもった呻きを漏らした。

大きな乳房が惜しげもなく晒されている。白い双つの膨らみはお椀《わん》を双つ伏せたようで、頂点には紅色の乳首が鎮座していた。身体を鍛えているせいか、張りのある見事な乳房だった。

「おっぱいを見るの、初めてなんでしょ？」

照れたようにつぶやき、パンティのウエストに指をかける。健司の顔を上目遣いに見やり、じりじりおろしていく。薄布が恥丘から引き剝がされると、縦長に整えられた秘毛がふわっと溢れだした。自分磨きに余念のない美咲は、陰毛もしっかり手入れしているようだった。

パンティがつま先から抜き取られると、健司はまたしても「おおっ」と呻いてしまう。慌てて段ボールの向こうに視線を向けるが、香澄も吾郎も深い眠りに落ちているようだった。

（女の人の……アソコ）

ついに生の女陰を拝むことができる。画像では見たことがあるが、これまで生で目にする機会はなかった。

無意識のうちに前のめりになり、彼女の股間を凝視する。ところが、美咲は膝をぴったり閉じてガードしてしまった。

「そんな見られたら、わたしだって恥ずかしい」

意地悪をしているわけではなく、本気で照れているらしい。美咲は頬を赤く染めると、健司の肩を押して仰向けにした。

「奪ってあげる」

目を見つめて囁くなり、股間にまたがってくる。足の裏を畳につけた騎乗位の体勢だ。

「み、美咲さん……」

硬直したペニスの真上に彼女がいる。M字形に開いた美脚の奥に、ワインレッドの陰唇がチラリと見えた。男根をしごいたことで興奮したのか、愛蜜で濡れ光っているのがわかった。

「健司のチェリー、食べちゃってもいい？」

ほっそりした指を竿に絡めて、先端を割れ目に触れさせる。美咲は潤んだ瞳で健司の顔を見おろし、亀頭と陰唇を擦り合わせた。

「はンンっ……ほら、当たってるのよ」

「うっ、ううっ」

挿れたわけでもないのに、鮮烈な快感が湧きあがる。首を持ちあげて股間を見おろせば、男根の先端が淫裂に密着している。それを見ているだけでも、新たなカウパー汁が溢れだした。

「は、早く……美咲さん」

「ふふっ、じゃあ……遠慮なく、いただきまぁす」

美咲がゆっくり腰を落としはじめる。張り詰めた亀頭が、濡れそぼった二枚の花びらを押し開き、女穴のなかにずっぷり沈みこんでいった。

「うおっ、は、入った」

生温かい膣粘膜に包まれて、瞬く間に愉悦の波が押し寄せる。同時に童貞を卒業したという悦びがこみあげた。

（やった……ついにやったぞ！）

大声で叫びたい気分だが、すぐ近くで香澄と吾郎が眠っている。健司は悦楽に震えながら、胸のなかで感激を噛みしめた。

「はンンっ、健司の大きくて硬い」

大きさに馴染ませようとしているのか、美咲は先端だけを呑みこんだ状態で腰を微かに揺らしている。そうしながら、少しずつ結合を深めていった。

「声を出さないでね……ンンっ」

「ううっ、き、気持ち……」

まだ半分ほどしか入っていないのに、凄まじいまでの快感が突き抜ける。健司は慌てて尻の穴に力をこめて、膨れあがる射精感を抑えこんだ。

「あ……あ……大きい」

美咲は切なげな声を漏らしながら、じわじわ腰を落としてきた。健司の腹に両手を置き、大きなヒップをくねらせる。たっぷり時間をかけて、ついに肉柱を根元まで挿入した。

「はあンっ、全部入ったわ……健司の童貞、もらっちゃった」

溜め息混じりに見おろしてくる。股間と股間が密着して、互いの陰毛が絡み合っていた。

「み、美咲さんのなかに……」

濡れそぼった女壺に、ペニスがすべて収まっている。意思を持った生物のように蠢く膣襞が、太幹の表面を這いまわっているのだ。じっとしていても常に快感が発生しており、先走り液を絶えず垂れ流している状態だった。

「動いてあげる……ンぁっ」

美咲が腰をゆったり動かしはじめる。わずかな上下動だが、すぐに射精感が高まった。

「ううっ！」

「ダメよ、声を出しちゃ」

そう言いながら彼女は両手を胸板に移動させて、指先で乳首をいじりまわしてくる。触れられるとすぐに硬くなり、新たな快感がひろがった。

「くっ……うむむっ」

「ふふっ、可愛いわ」

彼女自身も感じているのだろう。吐息を乱しながら腰を振りたてる。張りのある乳房を柔らかく揺らし、膝のバネを使って女体の上下動を徐々に大きくしていった。

彼女が動くたび、ミシッ、ミシッと畳が軋む。香澄と吾郎が目を覚ますのではと気が気でない。こんなところを見つかったら大変なことになる。それでも、ここまで来たらやめられなかった。

「み、美咲さん……」

たまらなくなり、両手を伸ばして乳房に触れてみる。途端に滑らかな感触に陶然となった。

「おおっ、柔らかい」

両手で包みこんだだけで、カウパー汁の量がぐんと増える。すると美咲は目を細めて、触りやすいように少し前屈みになってくれた。

「やさしくよ……女の身体は繊細なの」

アドバイスに従い、そっと指を曲げてみると、まったく抵抗なく指先が乳肉に沈みこんでいった。

「うわっ、吸いこまれるみたいだ」

「先のところも触ってみて……ああンっ」

乳首を摘《つま》みあげると、女体にぶるっと震えが走る。その直後、彼女の腰の振り方が速くなった。

「ああっ、気持ちいい、久しぶりだから興奮しちゃう」

「ちょ、ちょっと……ううっ」

呻き声が漏れそうになり、慌てて奥歯を食い縛る。媚肉でペニスを擦られるのは、自分でしごくのとは比べ物にならない快感だ。瞬く間に射精感が膨らみ、無意識のうちに股間を突きあげていた。

「あンっ、ダメ、動かないで」

そんなことを言いながら、美咲は腰振りを加速させていく。M字開脚の淫らがましい格好で、ヒップを上下にバウンドさせる。結合部からは湿った蜜音が響き渡り、愉悦は爆発的に大きくなった。

「お、俺、もう……うぬぬっ」

懸命に声をこらえても、畳が軋む音は大きくなる。彼女がヒップを叩きつけるたび、二人が目を覚ますのではとハラハラした。ところが不思議なもので、そんなスリルがスパイスとなり、全身の感度はさらにあがっていった。

「あっ……あっ……なかでヒクヒクしてきたわ」

「もう……もう出ちゃいますっ」

これ以上は我慢できない。乳房を揉《も》みながら訴えれば、彼女は健司の乳首を摘んできた。

「くううッ」

「いいわよ、出して……あンンッ、健司のいっぱい注ぎこんで」

美咲の甘い囁きが引き金となった。ついに尿道口がぱっくり開き、沸騰した白濁液が噴きあがる。女壺に深く嵌りこんだ状態で、男根が陸に打ちあげられた魚のように思いきり跳ねまわった。

「ううウッ、うむううううッ！」

声をこらえながら、欲望の丈をぶちまける。かつて経験したことのない快感が全身を貫き、魂まで震えるほどの絶頂感が全身を包みこんだ。

「あンンッ、い、いいっ、わたしもイキそうっ、はあンンンンンンッ！」

美咲は腰を完全に落としこむと、女体を小刻みに痙攣させた。

女壺全体で男根を感じながら、ザーメンが注がれると同時に達していく。いっそう太幹を締めつけて、都会的な美貌を染めあげながら、久しぶりのエクスタシーを嚙みしめた。

全身を仰け反らして硬直した美咲が、脱力して倒れこんでくる。健司はとっさに両手をひろげて女体を抱きとめた。

「はああっ……よかったわよ」

彼女は甘えるように頰を胸板に寄せてくる。そして、余韻を楽しむように女壺をうねらせて、嵌ったままのペニスをやさしく咀嚼した。

（これが、セックス……ああ、なんて気持ちいいんだ……）

なにもかもが初めてで、あっという間に終わってしまった。

まさか、上京初日に筆おろししてもらえるとは思いもしない。とにかく、女体は柔らかくて気持ちよくて最高だった。

「健司……ンンっ」

美咲が唇を重ねてくる。自然とディープキスを交わしながら、健司はこれからの下宿生活に思いを馳せた。

第二章　ヴァージンの手ほどき

1

入学式が終わって二週間ほど経《た》ち、ようやく生活が落ち着いてきた。忙しいが充実した毎日を送っている。今朝も七時に起きて、きちんと朝食も摂った。バターを塗った食パンとインスタントコーヒーだけだが、なにも食べないよりはましだろう。

朝から大学の講義を受けて、その後、アルバイト先のコンビニに直行する。さくら荘に戻ってくるのは、いつも夜の十時半をまわっていた。

他の学生たちのようにサークルに入ったり、コンパに参加したり、女の子を誘って遊びに行ったりする時間はない。なにしろ、生活費を稼がなければならないのだ。ろくに勉強もせず二年も浪人したのだから、今は精いっぱいがんばるつもりだった。

（さてと、そろそろ行かないと）

部屋の隅に置いてある段ボール箱のなかから、ブルーのポロシャツを引っ張り出した。

浪人生の頃は身なりに無頓着だったが、今は自分なりに気を使っている。なにしろ、毎朝、気になる女性と顔を合わせるのだ。いい服は持っていなくても、せめて清潔感が出るように心がけていた。

（よし、これで大丈夫だな）

ジーパンにポロシャツという爽やかな格好だ。これなら、彼女と立ち話することになっても大丈夫だろう。

最後にミニキッチンの横の壁にかかっている鏡を覗きこむ。すると、髪に思いきり寝癖がついていた。

「ヤバいっ」

こんなみっともない頭を見せるわけにはいかない。慌てて水をつけて直していく。電車の時間がギリギリになってしまうが、彼女に笑われるくらいなら遅刻したほうがましだった。

いつもより遅れて部屋を飛び出した。軋む階段を駆けおりると、ちょうど玄関で濃紺のスーツを着た美咲と鉢合わせになった。

「あっ、健司、おはよう」

パンプスを履きながら、美咲が声をかけてきた。

「おはようございます。やばいっす、遅刻しそうです」

健司も平静を装って挨拶を返した。

なにも感じないわけではない。いや、むしろ彼女と言葉を交わすたび、胸の奥がチクリとする。美咲は筆おろしをしてくれた女性だ。それなのに何事もなかったように接するのは複雑な気分だった。

上京した初日に関係を持ってから、なにも起こっていない。酒が入っていたこともあって、あの件には触れないのが暗黙の了解になっていた。

少し淋《さび》しい気もするが、そのほうが後腐れなくていいのだろう。美咲は久しぶりにセックスがしたかっただけで、健司も東京のスタイリッシュなお姉さんに筆おろしをしてもらいたかっただけだ。

なにより、他に気になっている女性がいるのだから、美咲との関係を継続することはできない。とはいえ、顔を合わせるたびにあの夜のことを思い出し、気まずくなるのも事実だった。

美咲が玄関の引き戸を開ける。タイトスカートに浮かんだヒップの丸みを目にして、つい邪《よこしま》なことを考えてしまう。

（あの尻を振ってたんだよなぁ）

騎乗位で彼女が腰を振り、あの双臀を打ちおろすたびに凄まじい快感が押し寄せたのだ。

（うっ、ヤ、ヤバい）

淫らな記憶がよみがえり、ジーパンの股間がむずむずした。このままでは勃起してしまう。慌てて首を振って記憶を打ち消したとき、廊下の向こうに視線を感じて振り返った。

「あっ……」

そこには、二号室の香澄が立っていた。

水色のスウェットの上下を着ており、こちらをじっと見つめている。眼鏡の奥の瞳は、なにかを探っているようだった。

「お、おはようございます」

慌てて挨拶するが、内心を見透かされたようで落ち着かない。毎日、顔を合わせているが、どうにも香澄とは打ち解けられずにいた。

「……おはよう」

一拍置いて挨拶が返ってくる。だが、すぐに彼女は視線を逸らしてしまう。どうしても会話がつづかない。お互いに人見知りというだけではなく、なにやら避けられている気がしてならなかった。

美咲が出勤していくのを見送り、スニーカーにつま先を突っこんだ。

「あ、あの、香澄ちゃん」

逡巡《しゅんじゅん》しながらも思いきって話しかけてみる。

じつは名前を呼ぶのは今日が初めてだ。同い年だが大学では先輩なので、「香澄さん」にするか「香澄ちゃん」にするかで散々迷っていた。悩んだ末に身近な感じを優先したが、彼女の反応は微妙だった。

「なんでしょうか？」

硬い視線を向けられて、途端に畏縮してしまう。馴《な》れ馴れしく呼んだことで、なおさらガードが堅くなった気がした。

「一限目はないのかな、とか思って……」

健司は出かけるところなのに、彼女は部屋着のままのんびりしている。一限目がないのは明らかだが、話しかけるきっかけにするつもりだった。

「今日は午後からですけど」

「そ、そうですか……なんか、すみません、つまらないこと聞いて」

まったく会話が弾まない。これでは、いくら話しても打ち解けることはできない。切りあげるつもりで謝罪の言葉を口にすると、香澄の表情に微かな戸惑いの色が浮かんだ。

「別につまらなくありません」

「いいですよ、気を使ってくれなくても。ただ、ちょっとお話ししたかっただけだから。でも迷惑でしたよね」

そのまま背中を向けて外に出ようとする。そのとき、今度は彼女のほうから声をかけてきた。

「そんなことないけど」

「……はい?」

立ちどまって振り返る。彼女は心持ち頰を赤くしていた。

「迷惑じゃない……と思います」

香澄の声は相変わらず小さくて淡々としている。それでも、しっかり感情がこもっている感じがした。

「ってことは、話しかけても？」

健司の言葉に、彼女はこっくり頷いてくれる。頬はこわばっているが、コミュニケーションを取ろうという意思は伝わってきた。

「ほんとに？　あっ、時間がないから、そのうちまた」

「うん、また……」

交わした言葉は少ないが、初めて心が通った気がする。急に嬉しくなり、軽い足取りで表に飛び出した。

今朝もいい天気だ。青空がひろがり、遠くに綿菓子のような白い雲が浮かんでいた。朝の澄んだ空気を思いきり吸いこんでみる。東京は空気が悪いと思いこんでいたが、福柴は都心から離れているので清々《すがすが》しかった。

「窪塚くん、おはよう。今日はゆっくりなのね」

下宿の前の通りを、桜子が竹箒《たけぼうき》で掃いていた。

ベージュのフレアスカートにサンダル、長袖Tシャツという気軽な格好だ。こうして掃除をするのが、彼女の朝の日課だった。

「お、おはようございます、ちょっと遅くなっちゃいました」

緊張しつつも挨拶を返す。桜子とこうして朝の挨拶をするのが、なにより楽しみだった。うまく会話をひろげることはできないが、彼女の笑顔が一日の活力になっていた。

「慌てちゃダメよ。いってらっしゃい」

「はい、行ってきます」

軽く右手をあげたときだった。下宿の引き戸が勢いよく開き、吾郎が切羽詰まった形相で飛び出してきた。

「やばいやばいっ、おはようっ」

健司と桜子に向かって挨拶すると、そのままの勢いで駆け抜けていく。これも毎朝の光景だった。

「吾郎くん、気をつけてね」

桜子が手を振ると、吾郎は振り返ることなく「はいっ」と返事をした。

吾郎は警備員のアルバイトで生活費を稼いでおり、いつもギリギリに出かけていく。美大志望の浪人生でバイト以外の時間は部屋に引き籠もっているが、なにをしているのかは知らなかった。

「さてと、俺も急がないと遅刻だ。じゃあ、今度こそ行ってきます」

「がんばってね」

竹箒を手にした桜子が声をかけてくれる。最高の笑顔に見送られて、健司はスキップしたい気分で駅へと向かった。

2

その日、健司がさくら荘に戻ってきたのは夜の十時半だった。

駅の近くにあるコンビニで十時までバイトをしているので、帰宅はだいたいこれくらいの時間だ。それからインスタントラーメンを食べて、銭湯に行くというのがいつものパターンになっていた。残業で遅くなったときは、ラーメンと銭湯の順番が入れ替わることもあった。

この日はカレー味のインスタントラーメンを夕食にした。その後、福柴湯にぶらぶら向かって、壁に描かれた富士山を眺めながらゆっくり浴槽に浸《つ》かった。熱めの湯が心地よく、一日の疲れがいっぺんに吹っ飛ぶ気がした。

風呂あがりは、なんといってもフルーツ牛乳だ。火照った体を冷やしてくれるのが最高に心地よかった。

「ふぅっ、今日もいい湯だった」

首にタオルを巻き、風呂桶《ふろおけ》を手に夜道をぶらぶら戻っていく。Tシャツに短パンという楽な格好でサンダルを引っかけている。こうして月を眺めながら歩くのも嫌いではなかった。

さくら荘についたのは十二時前だ。寝ている人もいるので、なるべく静かに引き戸を開ける。とはいっても、建て付けが悪いので、どうしてもギシギシと音が鳴った。

最初の頃は、美咲が部屋から飛び出してきて「うるさい」と叱られたこともある。でも、彼女は怒るだけではなく、引き戸を静かに開け閉めするコツも教えてくれた。

階段も軋むので油断できない。慎重に二階にあがって廊下を歩いていくと、ちょうど突き当たりのトイレから吾郎が出てきた。

「今、帰ってきたのかい？」

朝とは違って、人懐っこい穏やかな笑みを向けてくる。グレーのよれよれのT

シャツとジーパンには絵の具が飛び散っており、それ自体がアートのようになっていた。

「こんばんは。銭湯の帰りです」

風呂桶を軽く掲げて見せる。吾郎は二つ年上だが、偉ぶったところがなく話しやすかった。

「福柴湯の富士山を見ながら、湯船に浸かるのが好きなんです」

「ほう、健司くんもあの絵のファンか」

絵の話になり吾郎の目が輝いた。

「ファンってほどでもないですけど、田舎が静岡なんで、富士山を見ると懐かしいっていうか……」

「うんうん、わかるよ。そうか故郷の景色か……。ちょっと俺の部屋に来ないか。見てもらいたい絵があるんだ」

吾郎の部屋に誘われたのは初めてだ。美大志望の彼は富士山の絵で盛りあがっているが、健司は素人なので戸惑っていた。

「絵のことはよくわからないんですけど……」

「絵画は専門家や収集家だけのものじゃない。自分が好きなものを楽しめればそれでいいんだよ」

そう言う吾郎にうながされて、なんとなく彼の部屋に足を踏み入れた。

（なんだ、これは？）

同じ間取りのはずなのに、健司の部屋とはまったく雰囲気が違う。一面にブルーシートが敷いてあり、畳はいっさい見えていない。そのブルーシートには絵の具がたくさん飛び散っていた。

イーゼルに立てかけられたキャンバスがいくつもある。そこら中にパレットや絵の具や筆が転がっており、どこで寝ているのか不思議なくらいだ。もはや住居というよりアトリエだった。

「その辺に適当に座って」

彼が指差したのは木製の丸椅子だ。その椅子にも絵の具が付着しており不安になるが、指で触れてみると乾いていた。

「すごいですね……」

椅子に座りながら室内に視線を巡らせる。それしか言いようがない。近くのキャンバスは絵の具が塗りたくられているだけで、なにが描かれているのかまるでわからなかった。

「油絵を専攻しようと思ってるから、バイトの時間以外はずっとキャンバスに向かってるよ」

睡眠時間も削って描いており、寝るときだけブルーシートの隅を捲って畳の上で横たわっているらしい。夜中が集中できるということで、朝、アルバイトに出かける寸前まで筆を握っているという。

「だから、毎朝あんなに慌ててるんですね」

「いや、お恥ずかしい。集中すると時間がわからなくなっちゃうんだ」

決して寝坊をしているわけではなく、美大を目指して日々努力を重ねているのだ。大学に入ればどこでもよかった自分とは異なり、一途な吾郎のことが立派に見えた。

「で、これなんだけど」

吾郎がキャンバスを持ってきて、目の前でイーゼルに立てかけた。

高台から見おろした街が描かれている。中心に蛇行する川があり、彼方の山のほうに向かってつづいていた。

「なんか……いい絵ですね」

素直にそう思った。見覚えのない景色だが、全体が夕日に染められており、どことなく郷愁を誘った。

「福柴湯の近くに公園があるだろう。あそこから見える川が、なんとなく俺の田舎に似てるんだよ」

吾郎が目を細めてつぶやいた。健司が田舎の富士山の話をしたから、この絵を見せたくなったに違いない。郷里のことを語る彼は、いつにも増して柔らかい表情になっていた。

「あの公園から、見た景色が……」

いつ通りかかっても人気のない小さな公園だ。

健司も銭湯から帰る途中、ベンチに腰かけて涼むことがある。何度も街を見おろしているはずだが、特別、印象に残っていなかった。吾郎の目を通したからこそ、これほど素敵な景色になったのだろう。

「しばらく帰ってないなぁ」

帰郷する時間も惜しんで、美大を目指して猛勉強している。そんな吾郎のことを無性に応援したくなった。

「来年、合格して凱旋《がいせん》しましょうよ」

口にした直後、無神経だったと反省する。吾郎はもう何年もがんばっているのだ。大学生の自分に言われるのは、きっと面白くないだろう。

「うん……そうだね、ありがとう」

それでも、吾郎は笑ってくれる。そんな彼のやさしさが、健司をますます落ちこませた。

十五分ほど雑談をして、吾郎の部屋を後にした。

すると、なぜか六号室の前に香澄がいる。健司を待っていたらしく、目が合うとおどおどした様子で会釈した。

デニム地の膝丈のスカートに、赤いチェックのシャツを着ている。黒髪をゴムで無造作に縛り、銀縁眼鏡をかけているせいもあって今ひとつ垢抜《あかぬ》けない。それでも、都会に染まらない純朴な感じは悪くなかった。

「どうしたんですか？」

初めてまともに会話したのは今朝のことだ。二言三言だったが、それでも多少は距離が縮まった気がした。さっそくお話ししましょうか、ということだろうか。

それにしても、彼女は深刻な表情だった。

「ご相談が……」

消え入りそうなほど小さな声だ。なにか悩みがあるらしい。いずれにせよ、彼女から話しかけてくれたのは嬉しいことだった。

「相談……ですか？」

「帰ってきたのがわかったから来てみたら、ちょうど吾郎さんのお部屋に……」

玄関の引き戸を開ける音が聞こえたのだろう。そして、吾郎の部屋に入っていくのを見かけて、廊下で十五分も待っていたらしい。

「じゃあ、部屋でお話しします？」

こういうとき、女性を部屋に誘っていいものか悩むが、廊下で話すのも違う気がした。

「あの……わたしの部屋ではダメですか？」

香澄の声はますます小さくなる。いきなり招かれるとは意外だった。これまで女性の部屋に入ったことはない。せっかくの機会なので、どんな感じなのか見てみたかった。

「俺は構いませんけど、いいんですか？」

「男の人の部屋、緊張しちゃうから……」

なるほど、香澄を見ているとわかる気がする。健司の部屋で歓迎会をやったときも、彼女はほとんど口を開かなかった。最後こそ酔って寝ていたが、きっと緊張して余計に無口だったのだろう。

二人して一階に降りると、香澄が住んでいる二号室に招かれた。

「どうぞ」

「では、失礼します」

少し緊張しながら足を踏み入れる。いきなり、芳香剤のほのかな香りが鼻先を掠めた。

（わっ、女の子の部屋だ）

つい部屋のなかを見まわしてしまう。

窓にはピンク色のカーテンがかかっており、畳の上には淡いピンクの絨毯《じゅうたん》が敷いてある。窓の前にはベッドが配置されていて、壁際の本棚には文庫本がぎっしり詰まっていた。

カラーボックスと小さなテレビ、それに白い卓袱台が置いてある。きちんと整理整頓されており、いまだに段ボール箱を卓袱台にしている健司の部屋とは大違いだった。

「ベッドに座ってください。今、コーヒーを淹《い》れますね」

ミニキッチンに立った香澄がミルで豆を挽《ひ》きはじめる。インスタントとは異なるいい匂いが室内にひろがった。

（い、いいのか？）

健司は戸惑いながらもベッドに腰かけた。

白いシーツはぴっちり整えられており、毛布は半分に折られている。サイドテーブルには洒落《しゃれ》たガラスの笠をかぶったスタンドが置いてあった。

地味な印象の香澄だが、部屋は想像以上に乙女チックだ。ピンク色の物が多く、彼女の愛らしい一面を垣間《かいま》見た気がした。

「どうぞ……」

香澄がトレーを手にして戻ってくる。卓袱台にコーヒーカップを置くと、自分はクッションの上に腰をおろした。

「お砂糖とミルクは？」

「あ、いらないです」

「ブラックなんですね」

彼女は自分のカップに砂糖とミルクを入れると、スプーンでゆっくり掻《か》き混ぜる。そして、緊張をほぐすようにコーヒーをひと口飲んだ。

（俺から、なんか言ったほうがいいのかな？）

重苦しい沈黙が流れる。どうするべきか迷っていると、彼女がおもむろに口を開いた。

「急にごめんなさい、こんな時間に」

「全然大丈夫です。なにか相談があるんですよね？　っていっても、たいしたことは言えないと思いますけど。ははは っ」

場の空気をほぐそうとするが、彼女は笑ってくれなかった。

「俺でよかったら、なんでも聞いてください」

慌てて付け足すが、まともに言葉を交わしたのは今日が初めてだ。そんな相手に、むずかしい相談をすることはないだろう。

「では……」

香澄は睫毛を伏せると、意を決するように小さく息を吐きだした。

（……ん？）

そのとき、心のなかで警報が鳴った。今になってようやく、自分と彼女のテンションのズレに気がついた。

「じつは、好きな人がいるんです」

再び目を開けた香澄が、静かに言葉を紡いだ。

まさかの恋の相談だった。二十年間、恋人のいない健司である。恋愛ごとには人一倍疎いのに、適切なアドバイスなどできるはずがない。彼女はもっとも不適格な男を相談相手に選んでしまった。

「恋愛の話は、ちょっと……」

「どうしても男の人の意見が聞きたくて」

尻込みする健司だが、彼女は言葉を畳みかけてくる。覚悟が決まったのか、いつもよりも饒舌《じょうぜつ》になっていた。

「わたし、男の友だちがいないんです。それで、窪塚くんならやさしいし、今朝も話しやすかったから」

どうやら、今朝の印象がよかったらしい。同じ下宿に住む者として受け入れてくれたのだから、できるだけのことはしてあげたい。とはいえ、相談内容が自分の守備範囲ではなかった。

（まいったな、恋愛の話か……）

一番苦手な分野だ。こっちが聞きたいくらいなのに、いったいなにを知りたいのだろう。

「むずかしいことではなくて、窪塚くんの意見を教えてほしんです」

健司がよほど困った顔をしていたのだろう。香澄はそう言うと、眼鏡のレンズの向こうから懇願するような瞳で見つめてきた。

「わたしの実家は北海道の釧路《くしろ》というところなんです。すごく遠くて、東京には知り合いが誰もいなかったんです」

いきなりひとり暮らしは不安だったので、管理人さんと頻繁に顔を合わせる下宿にしたという。

「住んでる人もみんな親切だし、とっても気に入ってます。それに……」

そこで言葉を切ると、なにかを思い出したのか香澄の頰が熟れたリンゴのように赤くなった。ともあれ、彼女にとって、さくら荘が離れがたい場所だということは伝わってきた。

「と、とにかく、わたしにはわかるんです。窪塚くんもやさしい人ですよね」

「わ……わかりました」

彼女の迫力に気圧《けお》される形で了承する。いずれにせよ、乗りかかった船だ。こうなったら最後まで付き合うしかないだろう。

健司は気持ちを落ち着けようと、コーヒーカップに手を伸ばした。指先が震えて、カップとソーサーがカチカチと音を立ててしまう。しかも、コーヒーは思った以上に熱かった。

（アチッ！　お、落ち着け……自分の思ったことを言えばいいんだ）

心のなかで自分に言い聞かせる。女の子の部屋で、女の子の恋愛相談に乗るという初めて尽くしの状況が、かつてない緊張感を生み出していた。

「わたし、お付き合いとかしたことなくて……」

香澄も恋愛経験はないという。親近感を覚えると同時に、さらに距離が縮まった気がした。

「同じです。俺も彼女とかずっといないんです」

こんなことを告白するのは恥ずかしい。それでも、彼女が話してくれたのだから、自分のことも打ち明けるべきだと思った。

「窪塚くん、モテそうですけど」

そう言われると悪い気はしない。もっとも、人生でただの一度もモテたためしはないのだが。

「香澄ちゃんだって……モ、モテそうだと思うけど」

「思ってたとおりの人だった。窪塚くんはホントにやさしいんですね」

香澄は淋しげに笑った。そして、小首をかしげるように見つめてきた。

「でも、ウソは下手です」

「ウ、ウソじゃないよ」

慌てて否定するが、彼女は小さく首を振った。

「ううん……自分のことは自分が一番よくわかるもの。わたしなんて地味だし、根暗だし、本ばっか読んで頭でっかちだし……」

驚くほど冷静に自己分析できている。周囲の人たちが彼女に対して思うことを、的確に言い当てていた。

「うっ……」

健司はなにも言えなくなってしまう。なにかフォローしなければと思うが、彼女の言っていることは正しかった。

「やっぱり、ウソがつけないんですね」

香澄はまっすぐ見つめてくる。健司はどうしていいのかわからず、目を逸らすことしかできなかった。

「わたしみたいな女に好かれても、きっと困っちゃいますよね」

「そんなことは……」

「だって、好きでもない人に告白されたらどうします？」

クッションに座っていた香澄が、ベッドににじり寄ってくる。そして、健司の足もとから、縋《すが》るような瞳で見あげてきた。

「それは……」

ふと脳裏に桜子の顔が浮かんだ。

健司が告白したら、きっと彼女は困るだろう。こちらはまだ学生で、彼女はひとまわり年上のバツイチだ。せめて早く社会に出て、彼女を養えるだけの経済力を身に着けたかった。

「俺もよくわからないけど……まずは、自分の気持ちを伝えることが大切なんじゃないかな」

「気持ちを……伝える」

「相手がどう思うか考えると恐いけど、なにもしないで後悔したくないからね。だから、俺はいつか必ず気持ちを伝えます」

桜子のことを考えながら、きっぱり言い切っていた。

そう言った瞬間、自分の想いを確信する。頭の片隅には常に桜子がいる。淡い憧れから、はっきり好きだと自覚した。

「窪塚くんも、好きな人がいるんですね」

「あっ、ご、ごめん、答えになってなかったですね」

つい自分のことを語ってしまった。でも、片想いの人がいる彼女の気持ちは、多少なりともわかる気がした。

「でもやっぱり、告白はしたほうがいいと思うな」

「ううん、もういいんです」

香澄の声は弱々しい。なにかを悟ったように、眼鏡の奥の瞳がすっかり力を失っていた。

「窪塚くんは強いです……でも、わたしは自信がないから」

双眸に涙が浮かんだと思ったら、ついに決壊してしまう。大粒の涙が溢れだして、頬を転がり落ちていった。

（ええっ！　まいったな……）

まさか泣かれるとは予想外の展開だ。すっかり弱り果てて、おろおろしてしまう。どんな言葉をかければいいのか、まったく思い浮かばなかった。

「ごめんなさい、泣いたりして……困っちゃいますよね……うっぅぅっ」

泣きやもうとしても、次から次へと涙が溢れてしまうらしい。健司は卓袱台に置いてあったティッシュの箱を、彼女の前へと滑らせた。

「すみません……」

香澄はティッシュを抜き取ると、頬を濡らす涙をそっと押さえる。そして、眼鏡を外して目もとを拭った。

「……ん?」

その瞬間、健司は思わず身を乗りだした。

すぐにうつむいてしまったが、チラリと見えた彼女の素顔は驚くほど愛らしかった。眼鏡をかけているときの生真面目な感じは消えて、アイドルグループの一員でもおかしくないレベルだ。

「香澄ちゃんなら大丈夫だよ」

口が勝手に動いた。自分の気持ちに嘘偽りがないからこそ、堂々と告げることができた。

「窪塚くん?」

再び眼鏡をかけた香澄が見あげてくる。瞳は潤んでいるが、もう涙は流れていなかった。

「可愛いんだから、もっと自分に自信を持ったほうがいい」

「ウソ……じゃないのね」

本心から告げた言葉は伝わったらしい。でも、彼女が一歩踏みだす勇気を持てなければ意味はなかった。

「コンプレックスがあるんです」

「だから、香澄ちゃんは自分が思ってるより可愛いんだから大丈夫だって」

「違うんです……容姿とは別に、もうひとつ……」

なにやら言いにくそうにもじもじする。よほど恥ずかしいことなのか、見るみる顔が赤くなった。

「自信を持つには、どうしたらいいのかなって考えて……」

そこで言葉を切ると、なぜか香澄はベッドに腰かけてきた。健司のすぐ隣に座り、肩が触れ合う距離だった。

「え……な、なに？」

「あのね……」

息を呑んで見つめられて、胸の鼓動が速くなる。彼女も緊張しているのか、耳まで真っ赤になっていた。

「じつは、わたし……ヴァ……ヴァ……」

「ちょ、ちょっと落ち着いて」

そう声をかける健司も動揺している。至近距離から潤んだ瞳で見つめてくるのだ。眼鏡を取った素顔を知っているだけに、なおのこと緊張感が高まった。

「わたし……ヴァージンなんです」

「はっ？」

一瞬、側頭部をハンマーで横殴りにされたような衝撃を覚えた。まさかの告白に頭のなかが真っ白になり、なにも考えられなくなった。

「あまり気にしていなかったんですけど……好きな人ができたら……」

二十歳にもなってヴァージンであることがコンプレックスだという。子供っぽく見られるのではと思って、どうしても告白する勇気が持てないらしい。

（俺も、この前まで童貞だったんだけどな……）

健司はつい先日、ひょんなことから童貞を卒業した。女性の場合は大切にしたほうがいいと思うが、彼女は真剣に悩んでいた。

「わたしにも、教えてください」

「お、教えるって……なにを？」

「ごめんなさい……この間、見っちゃったんです」

香澄の言葉を聞いて、ほぼ確信する。それでも、まだ信じられない気持ちが強かった。

「よ、よくわからないなぁ……」

惚《とぼ》けてみるが、額には冷や汗が浮かんでいる。なんとか誤魔化せないかと必死に言い訳を考えていた。

「歓迎会の夜、美咲さんと仲良くしてましたよね」

言い方こそソフトだが、要するにセックスしている現場を目撃されたのだ。ずばり指摘されて、もう言い逃れのしようがなかった。

「い、いつから？」

「最初からです。眠れなかったから……」

さらなる衝撃の事実に打ちのめされた。筆おろしの現場だけではなく、オナニーまで見られていたことになる。最悪の事態だった。

「でも、全然大丈夫です。男の人がひとりでそういうことをするって、知ってましたから」

本をたくさん読むせいか、経験はなくても知識だけは豊富らしい。彼女は妙な理解を示して、安心させるように頷いた。

3

「セックス、教えてください」

香澄がまっすぐ見つめてくる。まさか女性からこんな言葉をかけられる日が来るとは信じられなかった。

「ちょ、ちょっと待って……好きな人がいるのに、本当にいいの？」

自慰行為を人に見られたという人生最大の恥はいったん忘れて、今は香澄のことだけを考える。男以上に女性の初体験は大切なものに違いない。勢いでやることとは違う気がした。

「初めては好きな人と、って思ってました。でも、やっぱり早く大人の女になりたいんです」

彼女は極端に自己評価が低い。このままでは誰にも相手にされず、一生ヴァージンかもしれないという強迫観念に駆られていた。

「一度経験することで自信が持てると思うんです」

「それで、俺と？」

「はい、窪塚くんなら安心できるし……いい人だなって思うから」

香澄は小声で告げると、黒髪を縛っているゴムを解き、頬を染めながら見つめてくる。そして、緊張の面持ちで睫毛を伏せていった。

（マ、マジか！）

いきなりの展開に面食らうが、もう後には引けない。彼女は勇気を出して、すべてをゆだねようとしていた。

（やっぱり、キスからだよな？）

健司も経験は一度だけだ。自信はないが、とにかく自分がリードしなければならなかった。

震える手を伸ばして、彼女の両肩にそっと添える。途端に女体がビクッと小さく跳ねた。男に触れられるのは初めてなのだろう。だから、できるだけやさしく顔を近づけた。

そのとき、桜子の顔が脳裏に浮かんだ。

（俺は、なにを……）

意識している女性がいるのに、いったいなにをやっているのだろう。ふいに自分を裏切っているような気がしてくる。でも、香澄は自分を頼ってくれた。出会って間もない自分を信用して、相談相手に選んでくれたのだ。

(これは人助けなんだ)

健司は思い直すと、小さく息を吐きだして気持ちを引き締めた。

「ン……」

ついに唇が触れて、香澄の全身がさらに硬直する。逃げはしないが目を強く閉じて、デニムのスカートの上に置いた両手を握りしめた。

「だ、大丈夫?」

そう聞いている自分が大丈夫ではない。それでも、彼女の緊張を解こうと、懸命に平静を装った。

「ファーストキス……です」

レンズ越しに見える瞳が潤んでいた。はにかんだ表情が初々しくて、抱きしめたい衝動が急激にこみあげる。

「香澄ちゃんっ」

気づいたときには、彼女の背中に手をまわしていた。

「あ……」

香澄の唇から小さな声が溢れ出す。健司はもう一度キスすると、今度は舌先を伸ばして、ぴったり閉じている唇の隙間にこじ入れた。

「ンぅっ……あふっ」

眉を八の字に歪《ゆが》めて戸惑いながらも受け入れてくれる。彼女の舌を絡め取ろうと焦ったとき、二人の前歯がカツンとぶつかった。

「ご、ごめん」

慌てて唇を離して謝罪する。やはり、経験が浅い健司がリードするのは無理があった。

「わ、わたしのほうこそ……ごめんなさい」

香澄も小声で謝ってきた。

二人の視線が重なり、気まずい空気が流れる。ところが、一拍置いて笑いが漏れた。

「ふふっ……」

「ははは」

互いに好きな人がいるのに、こうして抱き合って緊張している。そのことが妙におかしくて、笑いがこみあげてしまった。

「俺、慣れてないからさ」

「わたしは初めてです」

これでいくらか緊張がほぐれた。二人はあらたまって見つめ合うと、ゆっくり唇を重ねていった。

「ンンっ」

舌をそっと差し入れれば、彼女は微かに鼻を鳴らして目を閉じる。奥で縮こまっている舌を絡め取り、粘膜同士をヌルヌル擦り合わせた。

（ああ、香澄ちゃんとキスするなんて……）

無口で取っつきにくかった香澄と、こうして舌を絡めている。いつしか彼女も健司の肩に手をまわし、遠慮がちに舌を蠢かせていた。

「はンっ……あふンっ」

鼻にかかった声が、だんだんと艶を帯びてくる。初めてのディープキスで快感を覚えているらしい。健司もジーパンのなかの逸物をそそり勃たせて、夢中でヴァージンの唾液を啜《すす》りあげていた。

「むはぁっ」

甘みのある口内をたっぷりしゃぶりまわし、ようやく唇を解放する。香澄は呆《ほう》けたように瞳を潤ませて、肩でハァハァと息をしていた。

きっと頭の芯まで痺れきっているはずだ。今のうちに服を脱がそうと、シャツのボタンを上から順に外していく。ところが、三つ外したところで、彼女が手を摑《つか》んできた。

「待ってください……」

まさか、ここまで来て気が変わったのかと思ったが、香澄は天井の照明を見やった。

明るすぎて恥ずかしいらしい。健司はすぐさま立ちあがると、サイドテーブルのスタンドを点けて、天井の照明をオフにした。

飴色《あめいろ》の光がひろがり、部屋の雰囲気が一変する。柔らかい明かりが、彼女の恥じらう顔を照らしだす。胸の奥に燻《くすぶ》っている後ろめたさが完全に消えることはないが、恋人同士でいちゃついている気分になってきた。

再び彼女の隣に腰かけて、シャツの前をゆっくり開いていく。すると、胸の谷間に小さなピンクのリボンがついた、乙女チックな純白のブラジャーが露《あら》わになった。

「おっ！」

思わず小さな声を漏らすが、香澄はすぐさま両手で覆い隠した。

「いや……」

下着姿を男に見られるのも初めてなのだ。かつてない羞恥に襲われているのだろう。健司は無理に手を引き剝がすことはせず、静かに抱き寄せて背中のホックに指を伸ばした。

(これがむずかしいんだ……くっ)

一度、美咲のときにチャレンジしている。あのときの経験が役に立ち、苦労しながらもなんとか外すことに成功した。

「香澄ちゃん……」

照れている彼女を勇気づけるように背中を撫でる。すると、それがくすぐったかったのか、またしても女体がピクッと反応した。

「は……はい」

香澄は真っ赤に染まった顔をうつむかせると、両手を胸もとから外し、自らブラジャーの肩紐をずらしていった。

(こ、これが、香澄ちゃんの……)

健司は思わず息を吞んだ。

小ぶりな双つの乳房が、スタンドの飴色の光のなかで揺れている。片手で収まるほどのささやかな膨らみだ。ミルキーピンクの乳首も小さくて愛らしいが、ツンと上向きでしっかり自己主張をしていた。

「か、可愛い……」

自然と言葉が溢れ出す。すると、彼女は恥ずかしげに身をよじった。

「あんまり見ないでください」

「でも、本当に可愛いから」

「いやです」

視線を感じて、香澄は首筋まで赤くしていた。

そんな初心《うぶ》な反応が男の欲望を煽《あお》りたてる。健司はたまらず鼻息を荒らげながら女体を押し倒した。

「お、俺、もうっ」

「あっ……」

香澄は小さな声を漏らすが抵抗しない。乳房は張りがあり、仰向けになっても型崩れしなかった。さっそく、膨らみに手のひらを重ねて指をめりこませた。

「ンンっ、い、痛い」

途端に香澄の眉間に縦皺が寄った。

「ご、ごめん、強すぎた？」

まだ乳房には硬さがあり、強く揉むと痛みが走るらしい。香澄は微かに腰をよじり、訴えかけるような瞳を向けてきた。

慌てて力を緩めて、今度はできるだけやさしく愛撫する。高価な美術品を扱うつもりで、ゆっくり慎重に指を這わせていった。

「これくらいなら大丈夫？」

「は、はい……ンンっ」

香澄は小さく頷き、下唇をキュッと噛んだ。

本当は痛いのを我慢しているのか、それとも恥ずかしいだけなのか判断がつかなかった。だから、健司はソフトな愛撫を心がけて、乳房の表面だけをゆったり撫でまわした。

白い柔肌はシルクのように滑らかで心地いい。力を入れ過ぎないように気をつけながら、慎重に指を沈みこませてみた。

「はンっ」

彼女は小さな声を漏らすが、痛がっている様子はない。それならばと、双つの小さな膨らみをじんわり揉みあげる。奥にコリッとした硬い芯があり、そこを強く刺激されると痛むらしい。

（じゃあ、これならどうだ？）

乳輪の周囲を指先でゆっくりなぞってみる。触れるか触れないかのフェザータッチで、くすぐるような愛撫を施した。

「ンっ……ンっ……」

香澄は微かに鼻を鳴らし、眉を八の字に歪めている。健司は注意深く反応を見ながら、ついには乳首をやさしく摘みあげた。

「あぁっ、ダ、ダメ」

女体が大きく反り返る。乳首が感じるらしく、瞬く間にぷっくり膨らんだ。

「ここが敏感なんだね」

「そ、そんなこと……」

「でもほら、こんなに硬くなってるよ」

双つのポッチを指先で転がしてやる。すると、反り返った女体が小刻みに震えだした。

「ンンっ、そ、それ、ダメです」

香澄は切なげに眉根を寄せて訴えてくる。生真面目そうな銀縁眼鏡をかけているのに、瞳はしっとり潤んでいた。

（なんて可愛いんだ……）

健司は吸い寄せられるように、尖《とが》り勃った乳首にしゃぶりついていった。

「ああっ！　ま、待ってくださいっ」

甘い声が響き渡る。乳房を揉まれながら乳首を舐められて、香澄はヴァージンでありながら少しずつ性感を蕩かせていた。

舌先を乳輪に這わせて、唾液をたっぷり塗りこんでいく。そして、硬く隆起した乳首を舌で転がしてから、唇でやさしく挟みこんだ。

「アンンっ、い、いや、もうダメです」

香澄が身をよじって訴えてくる。だが、健司は聞く耳を持たず、双つの乳房を交互にしゃぶり、尖った乳首を吸いたてた。

「もう我慢できないよ、ああっ、香澄ちゃん」

「あっ……あっ……そんなにされたら……」

執拗《しつよう》に乳房を愛撫されて、女体が火照ってきたらしい。全身がしっとり汗ばみ、白い皮膚が桜色に染まっている。さらにはデニムスカートのなかで、内腿をもじもじ擦り合わせていた。

（興奮……してるのか？）

処女が興奮したとしてもおかしくない。健司は背中を押された気持ちになり、彼女のスカートに手を伸ばした。

（もう、どうなっても知らないぞ）

昂《たかぶ》っているのはお互い様だ。いずれにせよ、ここまで来たら前に進むしかなかった。

硬いボタンを苦労して外し、ファスナーをおろしていく。彼女は羞恥に染まった顔を背けるだけで、決して抗《あらが》うことはなかった。

スカートを引きおろすと、純白のパンティが見えてくる。ウエストの部分に小さなリボンがあしらわれたブラジャーと同じデザインだ。

スレンダーな体型でウエストのくびれが少ないのが、いかにも無垢な感じがして好ましい。剝きだしになった太腿もほっそりしており、一度も日に当たったことがないのではと思うほど白かった。

香澄は胸の前で祈るように両手をしっかり組み合わせて、両目も強く閉じている。激烈な羞恥に華奢な身体を震わせる姿は、痛々しいほどだった。

「本当に……いいの？」

今さらながら尋ねてしまう。それは、いまだに迷いがある自分自身への問いかけでもあった。

「は……はい」

香澄は震える声で、しかし、きっぱりと頷いた。

覚悟はできているらしい。健司も小さく頷き、パンティのウエストに指をかけた。じりじり引きおろしていくと、なだらかな恥丘が見えてくる。秘密の膨らみを覆う恥毛はうっすらと申しわけ程度で、縦に走る溝が透けていた。

「おおっ！」

もう唸ることしかできない。二十歳の女子大生が裸体を晒しているのだ。健司は双眸を見開き、染みひとつない肌を無遠慮に眺めまわした。

「や……」

目を閉じていても視線を感じるのだろう。香澄は火照った女体をよじらせている。しきりに恥じらうが、乳首はピンと勃ったままだった。

発展途上の初心な女体は、触れると壊れそうな儚さが満ちていた。

パンティをおろしてつま先から抜き取ると、彼女が身に着けているのは銀縁の眼鏡だけになった。下唇を小さく嚙み、内腿をぴったり寄せている。肩をすくませて震える姿は、健気で守ってあげたくなる一方、牡の本能を奮いたたせるものがあった。

「眼鏡、取るよ」

そっと手を伸ばすと、彼女は小さく首を振って拒絶の意思表示をした。

「見えなくなっちゃうから……窪塚くんのこと」

香澄は小声でつぶやき、健司の股間をチラリと見やった。

「わたしだけなんて、恥ずかしい」

「そ、そうだね、じゃあ、俺も……」

慌てて体を起こすと、Tシャツを脱いでいく。すでにペニスは完全に屹立しており、ジーパンが窮屈で仕方なかった。早く脱ぎたかったが、焦っていると思われたくなくて、なかなかタイミングが摑めなかった。

ジーパンとボクサーブリーフをまとめて一気におろす。硬直した肉柱がバネ仕掛けのように勢いよく飛び出し、濃厚な牡の匂いがひろがった。

「きゃっ！」

香澄の唇から小さな悲鳴が溢れ出す。両手を口もとに寄せて、興味津々にペニスを見つめてきた。

「もしかして、見るのも初めて?」

まじまじと観察される羞恥のなか、思いきって尋ねてみる。すると、彼女は指先を唇にあてがったまま、何度も繰り返し頷いた。

「怖くなった?」

「ちょっと……でも、大丈夫です」

男性器を目にするのが初めてなら、恐怖心が芽生えてもおかしくない。それでも、香澄の決意は堅かった。

「すごく、大きいんですね」

眼鏡のレンズ越しに興味深そうな瞳を向けてくる。溢れる探求心を抑えられないようだった。

「触ってみます?」

添い寝をしながら半分冗談に尋ねてみる。断るものと思っていたが、意外にも彼女は瞳を輝かせた。

「いいんですか?」

地味な見た目とは裏腹に好奇心が旺盛らしい。香澄は返事を待たずに、さっそく手を伸ばしてきた。

「うっ……」

指先が亀頭に触れて、思わず小さな声が漏れてしまう。それでも、彼女は引くことなく、カリ首に指を巻きつけてきた。

「くぅっ……ど、どう、初めて触った感想は」

「硬くて男らしいです……ああっ、なんかドキドキしてきちゃいました」

いくらか表情が柔らかくなっている。未知の物体だったペニスに触れたことで、多少なりとも気持ちがほぐれたようだった。

「これが、わたしのなかに……」

「挿れてみようか」

二人は見つめ合うと、ほぼ同時に頷いた。

ヴァージンの香澄はもちろん、まだ二回目の健司にとってもチャレンジだ。前回は美咲が上になってリードしてくれたが、今日は自分が彼女をリードしなければならないのだ。

まずは濡れ具合を確認しようと、香澄の股間に手を伸ばす。手のひらを恥丘に重ねて、指先を太腿の隙間に潜りこませた。

「あっ……」

中指の腹が柔らかい部分に触れた瞬間、彼女の唇から小さな声が溢れ出す。内腿を閉じて指を締めつけるが、肝心な部分はわずかに湿っている程度だ。挿入するには、もう少し濡らす必要があった。

(こ、こうかな?)

割れ目の部分をなぞってみる。あくまでもソフトに、柔らかい陰唇を指先でそっと撫であげた。

「はンンっ、そ、そんなところ……」

ほんの軽い刺激なのに、香澄は背筋を大きく仰け反らせる。健司の手首を両手で摑み、腰に震えを走らせた。

(こうしてると濡れてくるはずなんだけど……)

なにしろ経験不足なので自信がない。とにかく、慎重に指を動かしつづけていると、やがて秘唇の合わせ目から、とろみのある蜜がじんわり滲んできた。

「あンっ、いや……」

彼女がつぶやいた直後、割れ目が一気に潤った。

「じゃあ、いいね」

下半身を重ねて、膝を彼女の脚の間にこじいれる。香澄は恥じらって顔を背けるが、やがて膝の力を抜いてくれた。

　完全に腰を割りこませると、彼女の股間に視線を向ける。ヴァージンの割れ目は鮮やかなピンクで、たっぷりの愛蜜にまみれてヌメ光っていた。清楚なたたずまいだが、ゆっくり蠢く様は男を誘っているようだった。

「い、いくよ」

　屹立したペニスの先端を彼女の柔らかい部分に押しつける。華蜜の弾ける湿った音と、香澄の「ああっ」という声が重なった。

　このまま押しこめば処女膜を破れるはずだ。健司は静かに息を吐きだすと、彼女の顔を見つめながら腰をゆっくり突きあげた。

「うっ……」

　ところが、亀頭は膣口に嵌らず、陰唇の表面を滑ってしまう。ちょうど割れ目をなぞり、ヌルリと愛撫するような状態になった。

「もう一度……ふンっ」

　再び亀頭を割れ目にあてがい、腰を押し進めていく。ところが、またしても挿入できずに、陰唇の上を撫でてしまった。

「ああンっ」

それでも、香澄の唇からは甘い声が漏れている。秘唇を擦られることが刺激となり、新たな華蜜が分泌されていた。

「ご、ごめん、滑っちゃった」

焦りが大きくなり、額に冷や汗が浮かんだ。もう一度トライしてみるが、やはり亀頭は滑ってしまう。

「あ、あれ？　おかしいな……」

膣口に挿れるだけなのに、どうしてできないのだろう。焦れば焦るほど失敗する。悪循環に陥り、もはや挿入できる気がしなかった。

「窪塚くん……」

そのとき、香澄の声が聞こえてきた。

照れながらも両手を伸ばして、健司の首に巻きつけてくる。引き寄せられるまま、上半身を伏せて顔を寄せると、ごく自然に唇を重ねていった。舌を絡めて唾液を交換することで、焦っていた気持ちが少し落ち着いた。

「ゆっくりでいいですから」

自分も緊張しているのに気を使ってくれる。そんな心やさしい香澄のことが天使に思えた。

「う、うん」

彼女の張りのある乳房が、健司の胸板に密着している。硬くしこった乳首を感じて、萎えかけていた気持ちが盛りあがった。

「じゃあ、もう一度」

額を寄せて見つめ合ったまま、地を這うようにゆっくり腰を突きあげる。すると、亀頭が陰唇を押し開き、泥濘に浅く嵌りこむのがわかった。

「はうッ、そ、そこです」

「か、香澄ちゃんのなかに……うむッ」

ペニスの先端が二枚の花弁を巻きこみながら、女壺のなかに埋没していく。膣口は侵入を拒むように強く収縮する。亀頭が締めつけられるが、今度こそ成功させようと、健司は低い体勢を保って慎重に腰を押し進めた。

「ああッ！」

「くううッ、こ、これが……」

すぐに行き止まりに到達する。おそらく、これが処女膜だ。香澄は言葉を発する余裕もないらしく、健司の首に強くしがみついていた。

「あッ……あううッ」

「よ、ようし、今度こそ……ふんんッ！」

彼女の肩を抱えこみ、硬直した肉柱を抉《えぐ》りこませる。なにかが裂ける感触があり、ブチッという音が確かに聞こえた。

「あああぁッ！」

香澄の全身が硬直して、大きな声が迸《ほとばし》る。ペニスが一気に根元まで嵌りこみ、女壺が驚いたように痙攣した。

「入った……入ったよ」

ようやく挿入に成功して、達成感がこみあげる。ところが、彼女は眉間に縦皺を刻んでいた。

「ひ、ひろがってます……ううっ」

喉の奥で小さく呻き、閉じた目尻に涙が滲んでいる。奥歯を食い縛り、ひたすら破瓜《はか》の痛みに耐えていた。

「大丈夫？」

健司の問いかけに、香澄はこっくり頷いてみせる。ゆっくり目を開き、無理に笑みを浮かべる姿が健気だった。

「やっと……卒業できたんですね」

か細い声で悦びを告げると、涙が決壊して頬を伝い落ちた。

「香澄ちゃん」

「大丈夫です、嬉し泣きだから」

複雑な思いがあるのかもしれない。好きな人がいるのに、別の男に初めてを捧げたのだ。健司にも気になる女性がいる。そのことを考えると、胸の奥が微かに苦しくなった。

「じゃあ……抜くよ」

初体験という目的は達成した。それに彼女は苦悶の表情を浮かべている。欲望を放出したい気持ちはあるが、ピストンすることはためらわれた。

「動いて……ください」

そう言われても戸惑ってしまう。ペニスを包みこむ媚肉の感触は最高だが、動けば彼女が苦しむのはわかりきっていた。

「ちゃんと最後まで……」

香澄がじっと見つめてくる。最後まですることで、処女を卒業できると考えているらしい。ここでやめるのは彼女の本意ではなかった。

「それに、男の人って動かないとダメなんですよね？」

「そ、それは、まあ……」

昴りを見透かされているようで恥ずかしい。彼女のなかに埋まっているペニスは、ますます太さと硬さを増していた。

「お願いですから、我慢しないでください」

話しているうちに膣とペニスが馴染んできたらしい。香澄の表情に、若干だが余裕が生まれていた。

「じゃあ、ゆっくり……んんっ」

腰をじわじわと後退させて、根元まで埋まっている男根を引きだしていく。ところが、ヴァージンの締めつけは思った以上に強烈だった。

「くううッ、き、きつい」

ほんの少し動かしただけで、鮮烈な快感がひろがっていく。刺激を受けた女壺が蠢き、さらに太幹が絞りあげられた。

「な、なかが擦れて……あううッ」

「うぬぬッ、こんなにすごいなんて」

亀頭が抜け落ちる寸前まで引きだすと、再び肉柱を埋没させる。急激に高まる射精感をこらえながら、スローペースで腰を前後に動かした。ゆったりと抜き差しするたび無数の膣襞がザワめき、女壺が過敏に反応して波打った。

「ンンっ……はンンっ」

香澄は苦しげな吐息を漏らしている。やはり苦痛なのか、額には汗がじんわり浮かんでいた。

「我慢できなくなったら、言って……ううッ、気持ちいい」

気遣う言葉を口にしつつ、悶えるほどの快楽に溺れていく。本当に途中で「やめて」と言われたとき、中断できるか自信がなかった。それでも、ピストンが速くなるのを懸命に抑えこむ。彼女の身体をいたわり、できる限りソフトな抽送を心がけた。

「くううッ、すごくいいよ」

「は、はひっ……あああッ」

声を裏返しながらも答えてくれる。眉間には縦皺が刻まれているが、懸命に耐える表情は艶っぽい。ヴァージンを失ったことで、紛れもなく女の表情になっていた。

「今の香澄ちゃん、とっても眩しいよ」

「ううッ……う、嬉しい」

香澄は瞳を潤ませながらも微かな笑みを浮かべる。そんな姿が健気すぎて、健司の欲望はますます膨れあがった。

「ああっ、香澄ちゃん」

たまらなくなり、小ぶりな乳房を揉みあげる。芯に硬さが残るアルデンテの感触が、知らずしらずのうちに牡の支配欲を刺激した。愛とか恋ではなく、今、抱いている女を自分のものにしたいという激情が湧きあがった。

「き、気持ちよすぎて……ううウッ」

だんだんピストンスピードがあがってしまう。快楽に流されて、肉体を制御できなくなってきた。

「ひッ……あひッ」

香澄の唇から漏れる声が大きくなる。苦痛とも快感ともつかない表情を浮かべて、悩ましく腰をよじりはじめた。

「おうッ、締まるっ」

「あッ……あッ……なんか、ヘンな感じです」

ヴァージンを失った直後だが、華蜜の分泌量がどんどん増えている。もしかしたら、多少は感じているのかもしれない。乳首は硬く尖り勃ち、指先で摘みあげると女体が小刻みに痙攣した。

「はううッ、そ、それ、ビリビリ来ちゃう」

「くおッ、また締まってきた」

もう我慢できない。健司は奥歯を食い縛り、男根を力強くスライドさせた。絡みついてくる膣襞の感触に誘われて、腰を思いきり振りたてた。

「ああッ、つ、強いです、あああッ」

香澄の声に甘いものが混ざりはじめる。ただ苦しいだけではなく、女の悦びを覚えているのは間違いない。ベッドがギシギシ軋む音が、なおのこと気分を盛りあげる。もはや射精することしか考えられなかった。

「も、もう、俺……おおおッ」

「はううッ、窪塚くん、あああッ、そのまま……」

両腕を背中にまわして強くしがみついてくる。そんな香澄が可愛すぎて、ついに健司の欲望が限界まで膨れあがった。

「おおおッ、で、出るっ、出る出るっ、ぬおおおおおおおおッ！」

うねる女壺の感触には抗えない。ペニスを根元まで埋めこんだ状態で、雄叫びをあげながら欲望を爆発させた。

「ひああッ、熱いっ、ドクドクって、あひあああああああああッ！」

香澄も金属的な嬌声を響かせる。健司の背中に爪を立てると同時に、蜜壺を激しく収縮させた。男根をこれでもかと絞りあげられて、得も言われぬ悦楽が脳天に突き抜けていった。

「おうウッ、おううううううッ！」

もはやオットセイのように呻くことしかできない。健司は組み伏せた女体をしっかり抱きしめて、最後の一滴までザーメンを注ぎこんだ。

エクスタシーの熱風が吹き抜けていった後も、しばらく二人は無言で抱き合っていた。

理性が蒸発して真っ白になった頭が、少しずつまわりはじめる。それと同時に羞恥と罪悪感がこみあげてきた。

（本当に、これでよかったのか？）

頭の片隅に追いやっていた疑問が、再び勢力を増してくる。自分の行動が正しかったのか、いまだに自信を持てずにいた。

「……ありがとう」

最初に口を開いたのは香澄だった。

健司の首筋に顔を埋めて、消え入りそうな声でつぶやいた。

「俺のほうこそ……ありがとう」

頭で考えるより先に、素直な気持ちが言葉になった。

胸の奥には複雑な思いもある。それでも、香澄と共有した時間は、大切な思い出になるだろう。彼女にとっても、そうであると信じたかった。

第三章　濡れる管理人さん

1

数日後の夜――。

コンビニのアルバイトを終えた健司は、銭湯で汗を流してすっきりすると、自分の部屋でインスタントラーメンを作った。

安売りの五個入りパックを買ったので今日も味噌味だ。七味唐辛子を軽く振ると、具がなくてもかなりイケる。香澄が「お礼に使ってください」と譲ってくれた白い卓袱台で、鍋から直接ラーメンを啜っていた。

香澄はちょうど卓袱台を買い換えるつもりだったと言っていたが、本当は金のない健司を見かねたのだろう。

（しかし、さすがに毎晩だと飽きるな）

いくら好物の味噌味とはいえ、連日だとうんざりしてくる。いや、味の問題ではない。インスタントラーメン以外のものが食べたかった。

卓袱台に箸を置き、後方に倒れこんで仰向けになる。ささくれ立った畳が、Tシャツ越しにチクチクと背中を刺激した。だからといって横を向けば、畳が頬を攻撃してきた。

「イテテ……」

溜め息混じりにつぶやき、ささくれを毟《むし》ってみる。この真下の二号室は香澄の部屋だった。

（香澄ちゃん、もう寝たのかな）

あの晩から二週間ほどが経っている。

彼女とはすっかり打ち解けて、顔を合わせれば普通に言葉を交わす仲になっていた。とはいっても、肉体の関係はあの一度きりだ。少し淋しい気もするが、互いに好きな人がいるのだから、当然と言えば当然のことだった。

ここのところ香澄は垢抜けてきた気がする。それは一度抱いた女性に対する贔《ひい》肩目《きめ》ではない。今朝などは、美咲に「最近、大人っぽくなったんじゃない？」と声をかけられていた。香澄は「そんなことないですよ」と言いながら、満更でもない様子だった。

きっとヴァージンを卒業したことが自信に繋がっているのだろう。彼女が想い人に告白するのは、そう遠い日ではないはずだ。

（それなのに、俺は……）

彼女には散々偉そうなことを言っておきながら、好きな人に想いを伝える勇気などとてもない。告白など夢のまた夢。毎朝、挨拶をするのだけが唯一の楽しみだった。

とにかく、今は生活費を稼ぐのに手一杯という状況だ。遊ぶ暇もないほど、アルバイトに明け暮れる生活を送っていた。親に学費を出してもらっている以上、講義をさぼるわけにもいかない。そんな余裕のない暮らしのなかで、恋愛のことを現実的に考えられなかった。

（恋人なんて、一生できないのかもしれないな）

絶望的な思いが脳裏を掠める。そのとき、部屋のドアが軽快にノックされた。

（こんな時間に誰だ？）

時計を見やると、すでに夜の十一時半をまわっていた。

吾郎は夜中から朝にかけて創作に集中している時間帯なので、美咲か香澄だろうか。いずれにせよ、部外者が直接部屋にやって来ることはない。さくら荘の住人なのは間違いなかった。

「はーい」

立ちあがってドアを開けると、そこには意外な人物が立っていた。

「こんばんは。遅くにごめんなさい」

柔らかい笑みを浮かべているのは桜子だった。

淡い水色のワンピースを纏っている。丸襟で腰の部分にリボンのついた愛らしいデザインだ。裾はふんわりして膝まで隠れている。ストッキングは穿いておらず、細い足首が覗いていた。

「こ……こんばんは」

まさか桜子が訪問してくるとは思いもしない。彼女は大家だが、必要以上に住民の生活に入りこんでくることはなかった。

「なにか、あったんですか？」

驚きをそのまま言葉にした。なにか事件でも起きたのではと、とっさに内心身構えた。

「ううん、そうじゃないの」

桜子は慌てて首を振り、手にしている物を掲げて見せる。半袖からスラリと伸びる白い腕が眩しかった。

「これ、お裾分けにと思って」

「お裾分け？」

彼女の手もとに視線を向ける。ほっそりとした指で持っているのは、蓋をしたホーローの鍋だった。

「おかずを作りすぎちゃったの。そうしたら、さっき窪塚くんが帰ってきたのがわかったから、これから晩ご飯じゃないかなと思って」

さくら荘の軋む引き戸が、健司の帰宅を知らせたのだ。建て付けの悪さのおかげで、思いがけない幸運が訪れた。

「もしかして、もう食べ終わっちゃった？」

「い、いえ、今ちょうど……って言っても、たいしたもんじゃないですけど」

インスタントラーメンが夕食とは恥ずかしくて言えなかった。

「よかった。じゃあ、これ温め直すわね」

「えっ、俺の部屋でですか？」

「窪塚くんがお食事してる間にできるから」

「そ、そういう問題じゃなくて」

密かに想っている女性が部屋にあがるのだ。健司としては嬉しいことだが、夜に二人きりだと緊張してしまう。

「温めるだけだもの。二、三分でできるわ」

「で、では……お願いします」

ドアを開け放ち、彼女を室内に迎え入れた。

幸いなことに散らかっていない。というより、相変わらず物がないので散らかりようがなかった。香澄が譲ってくれた白い卓袱台が唯一の家具で、食事をするのも手紙を書くのも、すべてここで行っていた。

「片づいてるのね。男の子だから、もっと散らかってるのかと思ったわ」

桜子はさらりと言ってキッチンに向かった。

（男の子……か）

なんとなく子供扱いされた気分だ。

考えてみれば、ひとまわり違うのだから当然かもしれない。だからこそ、部屋で二人きりになることに抵抗がなかったのだ。でも、年下の「男の子」のままで終わりたくなかった。

（俺、やっぱり桜子さんのこと……）

むずかしいからこそ、なおさら燃えあがることもある。相手にされていないとわかったことで、桜子への想いがより強くなった。今は彼女の恋愛対象に入れなくても、いつか意識してもらえるようになりたかった。

「食器、お借りしますね」

水切り籠に入っていたお椀を手にして、桜子が声をかけてくる。キッチンに立つ彼女の表情は生き生きしていた。

「は、はい、どうぞ」

はっと我に返り、慌ててラーメンを啜った。ところが、すでに冷めているうえに、麺はスープを吸ってボヨボヨになっていた。

「マズ……」

桜子の後ろ姿をチラリと見やる。

料理をする女性というのは、どうしてこうも魅力的なのだろう。彼女からすれば、二十歳の健司はせいぜい弟のような存在に違いない。いつか桜子に相応しい男になって、正々堂々と告白したかった。

「お待たせしました」

お椀を手にした桜子がやってきた。食欲を刺激する甘い香りが、ふわっと鼻腔をくすぐった。

「ん？　この匂いは……」

ふと子供の頃の食卓を思い出す。どこか郷愁を誘う香りだ。卓袱台に置かれたお椀には、肉じゃがたっぷり盛られていた。

「よかったら食べてください。お口に合えばいいんだけど」

桜子が遠慮がちにつぶやき、うながすように見つめてくる。健司は正座をして頭をさげると、さっそくお椀を手に取った。

「いただきます」

まずは湯気をたてているじゃがいもを口に放りこむ。ほくほくした食感がたまらない。甘い味付けも好みだった。

「うんっ、うまい！」

久しく遠ざかっていた家庭の味だ。急に食欲が湧き、一気にがっついてしまう。牛肉もにんじんも、柔らかく煮こまれた玉ねぎも最高だった。

「ゆっくり食べてね」

桜子はいったん立ちあがると、コップに水を入れて持ってきてくれる。そして自分は静かに横座りして、健司が食べるのを眺めていた。

「ふぅっ……すっごくうまかったです」

あっという間に食べ終えて、満足した腹を撫でまわす。そんな健司を見て、桜子が「ふふっ」と笑った。

「あっ、すみません、つい夢中になって……ごちそうさまでした」

「いいえ、お粗末さまでした」

桜子のはにかんだ笑みと声が胸に染みる。彼女の恋愛対象ではなくても、こんな何気ない会話が嬉しかった。

「ところで、ちゃんと食べてるの?」

「ま、まあ……」

探るような瞳を向けられて、とっさに曖昧な返事で誤魔化そうとする。ところが、卓袱台には伸びたインスタントラーメンが残っていた。

「せめて、お野菜くらいは入れないと」

どうやら見抜かれているらしい。最初は簡単な炒めものを作っていたが、今はインスタントラーメンが主食になっていた。

「面倒になっちゃって……」

「大学とアルバイトで忙しいのよね。でも、食事はしっかり摂らないと、体を壊しちゃうわ」

心配してくれることが嬉しかった。少しでも気にかけてくれる人がいると思うと、それだけで心が癒された。

(ああ、桜子さん……)

彼女への想いがますます膨らんでいく。弟のような存在だとしても、こうして相手にしてくれるのだ。可能性がゼロというわけではないだろう。奇跡の一発逆転ホームランがあるかもしれない。

「さ、桜子さんみたいな人が……か、彼女だったらなぁ」

もはや溢れる想いを抑えきれなかった。真正面から堂々と告げることはできないが、遠まわしに気持ちを伝えたつもりだ。ところが、見るみる桜子の表情が陰った。

「わたしは……ダメな女だから」

なにやら思い詰めた表情でぽつりとつぶやいた。

いったいなにがあったのだろう。とにかく、やんわり拒絶されたのは間違いない。まともに告白したわけでもないのにフラれた気分だった。

「遅くまでごめんなさい」

桜子がすっと立ちあがり、部屋から出ていってしまう。去っていく背中が物悲しげに見えたのは気のせいだろうか。なにか声をかけなければと思うが、ショックが大きすぎて頭のなかが真っ白だった。

がらんとした部屋にひとり取り残された。

卓袱台には空になったお椀と、伸びたインスタントラーメンが入った鍋が置いてある。急に淋しくなり、健司は体育座りをして膝を抱えた。もはや立ちあがる気力もない。ただボーッとして、畳のささくれを見つめていた。

コンコンッ――。

しばらくして、ノックの音が響き渡った。

桜子が戻ってきたのだろうか。どんな顔で迎えればいいのかわからず困惑していると、勝手にドアが開けられた。

「健司、ビール飲む？」

顔を覗かせて声をかけてきたのは、桜子ではなく美咲だった。

缶ビールの六缶パックを掲げて笑顔を向けてくる。どうやら、遊びに来ただけらしい。ほっとしたような、それでいてがっかりしたような気分だ。健司は膝を抱えたまま、身動きすることができずにいた。

「入るわよ」

様子がおかしいと思ったのか、美咲が心配顔で部屋に入ってくる。そして、健司の隣に腰をおろし、缶ビールのパックを卓袱台に置いた。

身体に密着する白のタンクトップにオレンジのショートパンツという、抜群のプロポーションを強調した格好だ。たっぷりした乳房からくびれた腰、さらには大きな尻にかけてのラインがたまらない。

それでも、健司の心は沈んだままだ。桜子のことが頭から離れず、他の女性のことは考えられなかった。

「ビール好きでしょ。よく冷えてるよ」

美咲がかつてないほど穏やかな声で話しかけてくる。黙りこんでいる健司を見て、なにかあったと悟ったらしい。缶ビールのプルタブを引き、無造作に差し出してきた。

健司は無言で会釈して受け取ると、苦いビールをグビリと飲んだ。美咲も缶ビールを飲み、あらためて見つめてきた。

「で、なにがあったの？　お姉さんに話してごらん」

普段はツンケンしているが、落ちこんでいると構ってくれる。本当は面倒見のいい姐御肌で、困っている人を放っておけない性格だった。

「うっ……」

彼女のやさしさが身に染みて、思わず涙ぐみそうになる。慌てて奥歯をぐっと嚙み、こみあげてくるものを押し留めた。

「桜子さんのことでしょ」

いきなり図星を指されて、言葉に詰まってしまう。ゆっくり顔をあげると、美咲は小さな溜め息を漏らして首を振った。

「だから桜子さんは無理だって言ったのに。告白したの？」

「いえ、そういうわけじゃ……」

「じゃあ、今のうちに教えておいてあげる」

美咲はビールで喉を潤してから話しはじめた。

「わたしの部屋、桜子さんの隣でしょ。わかっちゃうのよね、いろいろ」

一階の一番奥が管理人室で、その隣の一号室が美咲の部屋だ。たまに来客があり、男の声が聞こえてくるという。

「話の内容まではわからないわよ。わたしも聞くつもりはないから」

「でも、ただの知り合いかも……」

ただ男の声がするだけなら、友だちとか親戚とか、もしかしたら入居希望者かもしれない。桜子と親密な関係とは限らなかった。

「ううん、あれはかなり深い仲ね」

「どうして、そんなことが言えるんですか」

信じたくない気持ちが強くて、ついむきになってしまう。すると、美咲は声を潜めて身を乗りだしてきた。

「深夜に訪ねてくることもあるのよ。おかしいと思わない？」

「そ、それは……友だちだって、たまにはそういうことも……」

健司は途中で言葉を呑みこんだ。美咲の悲しげな瞳が、真実から目を背けるなと語っていた。

「ときどき聞こえてくるの」

彼女の唇から決定的な言葉が紡がれるのを、健司は呆然と聞くことしかできなかった。

薄い壁越しに、男女の愛し合う声が聞こえてくるという。男がなにやら低い声で囁けば、桜子が応えるように喘ぐらしい。建物が軋むこともあり、二人が行為に耽っているのは疑いようのない事実だった。

「そんな、まさか……」

にわかには信じられない。桜子に男がいただけではなく、同じ建物のなかで何度も抱かれていたなんて……。

「わたしも最初は驚いたけどさ。考えてみたら、あれだけの美人だもの。男がいないほうがおかしいでしょ」

慰めるように言葉をかけてくれるが、健司はどうしても受け入れることができなかった。

「ウ、ウソだ、桜子さんが、そんな……」

「男と女ってむずかしいよね。わたしも玉の輿を狙ってるけど、好きになるのはどこか抜けてる男ばっかり」

美咲が自嘲的に笑うと、新しい缶ビールを手渡してきた。

「朝まで付き合うよ」

こうなったら飲んで忘れるしかない。健司は後先考えず、缶ビールを立てつづけに流しこんだ。

「そういえば話は変わるけどさ、二週間くらい前かな、香澄も男を連れこんでたのよ」

美咲がひそひそ声で告げた瞬間、健司は口に含んだビールを思わずブッと噴きだした。

「大人しそうな顔してるけど、あの子も隅に置けないね」

「そ、そ、そうですね」

必死に話を合わせて誤魔化そうとする。ばれている可能性を考えなかったわけではない。香澄と美咲の部屋は隣り合っていた。ただ急に話が変わったので、心の準備ができていなかった。

「でも、それ一回きりなのよね。別れたのかしら。あら、ずいぶん汗かいてるわね。そんなに暑い？」

「い、いいえ、別に……」

ビールを飲むピッチがさらにあがる。美咲はなにやらニヤニヤしながら、健司の顔を見つめていた。

2

美咲から衝撃の真実を聞いて、三日が過ぎていた。

あの翌朝は二日酔いで散々だったが、体調が戻るにつれて桜子のことで頭がいっぱいになった。

やはり諦めきれない。告白もしていないのに引きさがるのは、中途半端で気持ちの整理がつかなかった。いつか相応しい男になってからと思っていたが、もはやそんな悠長なことは言っていられなかった。

この日、健司はバイトから帰ってくると、銭湯で念入りに体を洗って気合いを入れた。

洗い立てのポロシャツを着て、自室を後にする。今夜、いよいよ告白するつもりだ。時刻は夜の十一時半、少し遅いが、バイトが休みの日まで自分を抑えられなかった。

(当たって砕けろだ)

とにかく、この熱い想いを伝えたい。全力でぶつかって振られたのなら、諦めがつくような気がした。

とはいえ、みんなに知られるのは恥ずかしい。とくに美咲にばれたら、後でなにを言われるかわからなかった。足音を忍ばせて階段を降りていく。無造作に歩くと軋むが、階段の端を通れば音を抑えられることを発見していた。

一階の踊り場まで降りると、壁際をゆっくり進んだ。電気をつけるとばれるので、窓から差しこむ月明かりを頼りに歩いていく。床がギシッと音を立てるたび、全身の毛穴から冷や汗が噴きだした。管理人室の前に辿り着くまで、通常の三倍は時間がかかった。

（ようし……）

とにかく、気合いを入れ直す。そして、いよいよドアをノックしようとしたそのときだった。

「ああっ」

微かな声が聞こえて、全身に衝撃が走り抜けた。

（なんだ……今のは？）

突然のことに驚き、ドアをノックする寸前の姿勢で固まった。

女性の喘ぎ声に似ていたが空耳だろうか。桜子の部屋から聞こえてくるはずがない声だった。

「い、いや……はンンっ」

またしても、啜り泣くようなか細い声がドア越しに聞こえた。

想いを寄せる女性の声を聞き紛《まが》うはずがない。喘ぎ声の主は桜子に間違いなかった。

(ま、まさか!)

美咲に聞いた話が脳裏によみがえる。ときどき男が訪ねてきて抱かれているらしい。今まさに、その真っ最中だというのか。喘ぎ声の合間には、男の荒い息遣いも聞こえてきた。

「くっ……」

ふいに胸の奥が苦しくなる。悲しみと怒り、淋しさと悔しさ、他にも様々な感情が複雑に絡み合う。こんな気持ちになったのは初めてだ。

(誰なんだ……誰が桜子さんを……)

嫉妬の炎が全身を灼《や》きつくしていた。

自分で自分が制御できない。いけないと思いつつ、震える手でドアノブを握っていた。

「待って、ダメよ……あンっ」

桜子の切なげな声が、健司の心を揺さぶった。

（ダメだ……絶対に）

胸底で繰り返すが、手が勝手に動いてしまう。ゆっくりドアノブをまわすと鍵はかかっていなかった。

ほとんど音もなくドアが開いて隙間ができる。部屋の明かりが一本の筋となって溢れ出し、ドア越しでくぐもっていた桜子の声が鮮明になった。

「本当にダメなの、お願い」

衣擦れの音が生々しい。抗っているようだが、本気で逃げようとしている雰囲気でもなかった。

いずれにしても、桜子が一人で暮らしている部屋に男がいるのだ。

嫉妬と好奇心が混ざり合い、大きなうねりとなって胸のうちで暴れだす。居ても立ってもいられない。この状況で我慢できるはずもなく、ドアの隙間に顔を近づけていった。

（さ、桜子さん！）

喉もとまで出かかった声をなんとか呑みこんだ。

蛍光灯が煌々と灯っている部屋の真ん中で、桜子が男に押し倒されていた。ちょうど真横から見る位置だ。彼女は水色のブラウス姿で仰向けになり、白のフレアスカートが咲き誇る花のように畳の上にひろがっていた。

「お願い、もう……」

桜子の声は掠れている。涙で潤んだ困惑の瞳を、のしかかっている男に向けていた。

男の顔に見覚えはない。年の頃は三十代半ばといったところか。濃紺のスーツを着て、いかにも仕事ができそうな精悍《せいかん》な顔つきだ。桜子に覆いかぶさり、ギラつく目で見おろしていた。

「孝士《たかし》、もうやめて」

桜子が弱々しい声で懇願する。ところが、「孝士」と呼ばれた男は聞く耳を持たず、ブラウスの上から乳房を揉みしだいた。

「あンっ、ダメ……」

「冷たいこと言うなよ、俺たちの仲じゃないか」

「そんな、もう――はンンっ」

なにか言おうとした唇は、男の口に塞がれてしまう。桜子は微かに首を振るが、そのまま舌を入れられると抵抗は弱まった。

「うンっ……あうンっ」

喉の奥で呻く声に、甘い響きが混ざりはじめる、ディープキスに酔っているのか、腰が左右に揺らめきはじめた。

（そんな、桜子さん……）

片想いの女性が、すぐ目の前で唇を奪われている。服の上から乳房をまさぐられても抵抗しない。困ったように眉を八の字に歪めているが、いつしか自ら舌を伸ばして濃厚なキスに応じていた。

彼女が受け入れている以上、健司はなにもできない。舌を絡め取られて唾液を啜られるのを、ただ指を咥《くわ》えて眺めているしかなかった。

管理人室の間取りは他の部屋と同じだが、物が少ないので広く感じる。窓際に文机《ふづくえ》があり、その隣に小さな本棚があるだけだ。そのがらんとした空間で、桜子と男は絡み合っていた。

（誰だ……あいつは誰なんだ？）

先ほど聞こえてきた会話からすると、二人は以前からの知り合いらしい。おそらく、美咲が言っていた男に間違いないだろう。

「桜子、いいだろ?」

孝士は唇を離すと、ブラウスのボタンを外しにかかる。桜子は肩で息をしており、もはや抵抗する様子はなかった。

ブラウスの前がはだけて、純白レースのブラジャーが露わになる。桜子は頬を染めて、両手で胸もとをそっと覆った。ところが孝士は構うことなく背中に手をこじ入れると、慣れた様子でブラジャーのホックを外してしまう。

「あンっ……ダメだって言ってるのに」

「おまえのダメは、OKってことだ」

「違うわ……ああンっ」

腕を胸もとから引き剝がされて、ブラジャーを上に押しあげられる。大きな乳房がプルンッと露わになり、桜子が顔を左右に振りたてた。

「いや……見ないで」

「相変わらず、惚れぼれするおっぱいだ」

孝士が呻くようにつぶやく。確かに見事なまでの美乳だった。

(あれが、桜子さんの……)

健司はドアの隙間に額を押し当てて、室内の様子を凝視していた。

白くてふんわりした膨らみは、まるで生クリームのように柔らかそうだ。頂点で揺れる乳首は桜色で、すでに硬く尖り勃っている。ディープキスで興奮したのか、乳輪までぷっくりドーム状に膨らんでいた。

「これ以上は……」

再び桜子が乳房を隠そうとする。ところが、孝士は彼女の両手を畳の上に押さえつけると、さらに膝を乗せて固定した。

「ああっ、そんな……」

「俺はこのおっぱいが大好きなんだよ。知ってるだろう?」

男の大きな手が双乳にあてがわれる。ゆったり揉みあげると、指が柔肉にズブズブ沈みこんでいった。

「あ……ダ、ダメ」

「ダメってことは、もっとしてほしいんだな」

孝士は勝手な解釈をして乳房を捏《こ》ねまわす。かなり強引な男のようだ。桜子は無理やり襲われているようだが、なぜか瞳はしっとり潤んでいた。

「あンっ、やめて……」

「なにがやめてだ。乳首はこんなに勃ってるぞ。ほらっ」

太い指が双つの乳首を摘みあげる。途端に女体が仰け反り、桜子の唇から甘い嬌声が溢れだした。

「ああぁっ！」

すぐに下唇を噛みしめて、男の顔を恨めしげに見あげていく。そんな桜子の反応を楽しむように、孝士は勃起した乳首を執拗に転がしつづけた。

「あっ、いや……ああっ」

「ちょっと触っただけで、いい声が出てきたじゃないか」

孝士は膝で巧みに腕を押さえたまま、乳首を指の間に挟みこんで柔肉を揉みまわす。乳房の感触を味わうように指をめりこませては、尖り勃った乳首に刺激を送りこんだ。

「はあンっ、それ、ダメぇっ」

桜子が甘い声をあげるたび、健司の胸は締めつけられる。彼女が感じている声など聞きたくなかった。

（ク、クソッ……）

悔しくてならないのに目を離すことができない。片想いの女性がどうなっていくのか、最後まで見届けなければ気が済まなかった。

「はンンっ、声が聞こえちゃう……ここ、壁が薄いの知ってるでしょ」

桜子が訴えるが、孝士はやめようとしない。それどころか、ますます大胆に乳房を揉みしだいた。

「ああっ、本当に聞こえちゃうから」

「だったら声を出さなきゃいいじゃないか」

男の顔にはサディスティックな笑みが浮かんでいる。桜子が困るのを見て、悦《よろこ》びを覚えているようだ。乳房を揉むだけでは飽き足らず、またがっている位置を下にずらすと、乳首にむしゃぶりついた。

「あっ、ダメっ、はああっ」

「ううんっ、桜子のおっぱい、最高にうまいよ」

乳首を口に含み、舌を這いまわらせる。柔肉を揉みあげながら、敏感なポッチを好き放題に舐めしゃぶった。

「あっ……あっ……」

もう両手は自由になっているのに、桜子はまったく抵抗しない。男を押し返すどころか、ジャケットの肩を愛おしそうに撫でまわしていた。

孝士は双つの乳首を交互に舐めまわしている。先ほどまでしゃぶられていた乳首はますます硬くなり、充血して桜色が濃くなっていた。唾液をたっぷり塗りたくられたことで、ヌラヌラと濡れ光る様が卑猥だった。

（そんな……桜子さん）

健司は瞬きするのも忘れて、室内を覗き見していた。

なにより桜子が抵抗しないのがショックだった。最初こそ嫌がる素振りを見せたが、今は男の愛撫に流されて、喘ぐばかりになっている。孝士は桜子がどうすれば感じるのか知り尽くしていた。

二人が長い付き合いなのは一目瞭然だ。もしかしたら、再婚を考えているのではないか。

そういう相手がいるとわかった以上、告白するなど馬鹿げていた。想いを告げることで、自分の気持ちにけりをつけるつもりだった。しかし、彼女にとっては迷惑以外の何物でもないだろう。

落ちこみながらも、視線は桜子に向けられている。たとえ男がいても、彼女への想いは、そう簡単に消えるものではなかった。

「ま、待って……」

ブラウスとブラジャーを剝ぎ取られて、桜子が上半身裸になっている。さらに男の手がスカートにかかり、桜子は今にも泣きだしそうな顔で訴えた。

「今夜は許して、まだ早いから……」

「そんなこと言って、本当は期待してるんだろ?」

孝士は躊躇《ちゅうちょ》せずにスカートを引きおろし、つま先から抜き取ってしまう。これで桜子が身に着けているのは、白いレースのパンティだけになった。

「ああっ、ひどい、わたしは……」

「口ではいやがってるが、こっちはどうかな?」

ぴったり閉じた太腿の間に、右手を滑りこませる。パンティの股間に指の腹を押し当てると、女体が跳ねあがるほど反応した。

「あンっ、ダ、ダメ」

「でも、ここはぐっしょり濡れてるじゃないか」

孝士が指を動かすと、湿った音がねちっこく響き渡る。パンティが華蜜を吸っているのは間違いなかった。

「あっ、いやっ、ああっ」

「ほら、染みがどんどんひろがるぞ」

「はンンっ、ダメ、ダメ」

抗う声とは裏腹に、女体は小刻みに震えている。両手で男の手首を摑むが、引き剝がす様子はない。指の動きに翻弄されて、ただなにかに縋りつきたいだけらしい。腰をくねらせて、喘ぐばかりになっていた。

「はああッ、そ、そんなにされたら……」

「感じすぎて怖いのか？」

孝士が言葉を補うと、桜子は慌てた様子で首を振る。ところが、すぐに懇願するような瞳で男の顔を見あげた。

「まだ素直になれないみたいだな」

仕方ないとばかりに、孝士はパンティを引きおろしにかかる。桜子は太腿をぴったり閉じるが、本気で抵抗しているようには見えなかった。

（おおっ……）

健司は喉の奥で唸《うな》り、両目をカッと見開いた。

ついにパンティまで脱がされて、桜子が一糸纏わぬ姿になったのだ。腰は細く締まっており、尻はむっちりしている。肉厚の恥丘に茂る漆黒の秘毛は、情の深さを示すように濃厚だった。

すぐそこで片想いの女性が全裸になっている。しかし、彼女のかたわらにいるのは、自分ではなく他の男だった。悔しさに歯ぎしりするが、それでも眩いばかりに輝く女体に惹かれていた。

「い、いや、ひどいわ」

桜子がつぶやくが、そんなことで孝士がやめるはずもない。彼女の下半身に移動すると、膝を強引に割り開いた。

「や、やめて、ああっ」

下肢をM字型に押さえつけられて、桜子の唇から悲痛な声が溢れ出す。まるでカエルを仰向けにしたような格好だった。

「やっぱり身体は正直だな。アソコは涎《よだれ》を垂らしてるじゃないか」

孝士のつぶやきで、桜子の状態を知ることになる。健司の場所からは見えないが、割れ目が濡れそぼっていたのは間違いない。陰唇は華蜜にまみれて、さらなる刺激を求めているのだろう。

「見ないで……」

桜子は顔をそむけてつぶやくが、なぜか股間を隠そうとしなかった。

両手を畳の上に垂らして、目の下を赤く染めあげている。女の中心部に視線を感じることで、どうやら悦びを得ているらしい。抵抗は口先ばかりで、激烈な羞恥に身をよじっていた。

そんな彼女の性癖を知っているのだろう。孝士は股間に顔を近づけて、息が吹きかかる距離で語りかけた。

「見てるだけで、どんどん濡れてくるのはどういうことだ？」

「はンンっ、そ、そんなこと……」

「ほら、いやらしい汁がケツの穴まで垂れてるぞ」

「い、言わないで……ああっ」

男が意地悪く問いかけると、彼女の腰にぶるるっと震えが走る。言葉で責められることでも性感が刺激されるらしい。濡れそぼった陰唇に熱い息を吹きかけられて、たまらないとばかりに首を振りたてた。

「はああっ、許してっ」

「どうしてほしいんだ？」

「そ、それは……」

桜子が言い淀むと、孝士はさらに顔を股間に近づける。そして、舌先を覗かせて、一度だけ陰唇を舐めあげた。

「ひあッ！」

途端に桜子の唇から甲高い嬌声が迸る。だが、それ以上の刺激は与えない。女体が求めているとわかっても、あえて、お預けを食らわせるのだ。

「い、いや、そんな……た、孝士」

「してほしいことがあったら、自分の口でしっかり言うんだ」

孝士の目が異様にギラついている。桜子を責め嬲《なぶ》ることで、興奮しているのは間違いない。そして、追いつめられている桜子も、呼吸を乱して瞳をねっとり潤ませていた。

(言ったらダメだ……桜子さん、言わないでくれ)

健司は廊下から覗きながら、必死に心のなかで祈った。あんな男に屈してほしくない。片想いの女性が、性欲に負けるところなど見たくなかった。

ところが、健司の祈りも虚しく、桜子は男の顔を媚《こ》びるように見あげた。そして、震える唇がゆっくり開いていった。

「も、もっと……してください」

「なにをするんだ?」

孝士は片頬に笑みを浮かべると、尖らせた舌先で割れ目をツンと小突いた。

「はうンッ、ダメぇっ」

「言うんだ」

「も、もっと……ああッ、もっと舐めてください！」

何度もしつこく割れ目を刺激されて、桜子は腰を躍らせながら、ほとんど反射的に口走った。

「ふふっ、仕方ないな」

自分で言わせておきながら、孝士は恩着せがましくつぶやき、彼女の股間に顔を埋めていく。両脚を肩に担ぎあげて、陰唇にむしゃぶりついた。

「ひああッ、い、いいっ」

「イクまでたっぷり舐めてやる」

「ああッ、そんなにされたら、はああッ」

男が股間で頭を振るたび、桜子の喘ぎ声が大きくなる。華蜜の弾ける湿った音が響き渡り、彼女の腰がガクガク震えはじめた。

「はああッ、入ってくるぅっ」

膣口に舌が埋めこまれたらしい。甲高い嬌声をあげて、背筋を大きく反り返らせる。両手を伸ばして男の頭を抱えこみ、自ら股間を押しつけるように腰を振りはじめた。

「ううッ、ふむううッ」

孝士は低い呻き声を漏らしながら、桜子の陰唇をしゃぶっている。溢れる華蜜を啜っては、喉を鳴らして嚥下していた。

「も、もう……ああッ、もうっ」

桜子の顔が快楽に歪んでいく。眉を切なげにたわめて、半開きになった唇からよがり泣きを振りまいた。

「わたし、もう……あああッ」

涙混じりの声で訴えると、孝士の愛撫が加速する。頭を小刻みに振り、舌を使って蜜音を響かせながら、一気に追いこみにかかった。

「はああッ、い、いいっ、もうダメっ、イクっ、イッちゃううううッ!」

ついに桜子が絶頂を告げながら昇り詰めていく。男の髪を両手で掻きむしり、股間を突きあげて全身を艶めかしく痙攣させた。

3

(ウ、ウソだ……こんなの、ウソに決まってる)

健司は身動きひとつ取れなかった。

すべてを見届けて、薄暗い廊下に立ち尽くしている。ドアの隙間に顔を押しつけた状態で固まっていた。

誰かに見られたら、一発で覗きをしていたことがばれてしまう。頭の片隅では危険だとわかっているが、それでも動くことができなかった。

なにしろ、片想いの女性が全裸に剝かれたうえ、股間を舐めしゃぶられてオルガスムスを貪ったのだ。抗っていたのは最初だけで、最後は淫らがましく腰を振りたてていた。

彼女の裏の顔を垣間見た気分だ。

普段は清楚で心やさしい管理人だが、ひと皮剝けば淫らな女の本性が露わになる。大人しそうな顔をしているが、じつは人一倍強い性欲を持てあまして、熟れた女体を疼《うず》かせているのだ。

（桜子さんが、まさかあんなこと……）

ショックは大きいが、だからといって気持ちが離れることはない。むしろ、欲望を晒けだした姿を目にしたことで、ますます惹きつけられた。

快楽に溺れて女体がくねる様は刺激的だった。悔しさはあるが、かつてない異様な興奮を覚えたのも事実だ。ペニスは鉄棒のように硬くなり、ジーンズを突き破る勢いで屹立していた。

（ヤバい、逃げないと）

見つかる前に部屋に戻ろうとしたときだった。体を起こした孝士が、おもむろにスーツを脱ぎはじめた。

「今度はこいつで気持ちよくしてやるよ」

トランクスをおろして全裸になると、逞《たくま》しい逸物が露わになった。すでに硬直しているペニスは黒光りしており、肉胴には青筋が浮かんでいた。

「も、もう……許して」

桜子が掠れた声で許しを乞うが、孝士は獲物を見つけた肉食獣のように舌なめずりする。そして、熟れた女体に襲いかかった。

「突っこんでほしいんだろ？」

「本当にやめて」

とっさにうつ伏せになり、這いつくばって逃げようとする。そんな桜子のことを嘲笑うように、孝士は後ろからくびれた腰をがっしり鷲摑みにした。

「ああっ、お願い、待って」

「無理やり犯られるのも好きだったな」

力まかせにヒップを持ちあげて、四つん這いの姿勢を強要する。そして、屹立したペニスを臀裂に押し当てた。

「あっ、い、いやっ、みんなに聞こえちゃう」

「家族じゃあるまいし、気にすることないだろう」

孝士が苛立った声を漏らし、腰をグンッと送りこむ。その瞬間、四つん這いの女体が弓なりに反って、桜子の顎が跳ねあがった。

「はああッ、ダメぇっ」

獣の姿勢で貫かれたのだ。桜子は両手の爪を畳に立てて、悔しげな表情を浮かべている。それでも、孝士が腰をゆったり振ると、唇から甘ったるい声が溢れだした。

「あンっ……ああンっ……ダメだって言ったのに」

「下宿のみんなに聞かせてやれよ。管理人さんのエッチな声を」

意地の悪い言葉をかけながら、孝士がペニスをスライドさせる。桜子は黒髪を揺らして、いやいやと首を振りたくった。

「ひどいわ、こんなの……」

「バックから突かれるのが大好きだったよな、ほらっ！」

力強く叩きこむと、女体が感電したように反応する。とくに奥が感じるらしく、リズミカルに突かれるたび、白い尻たぶに痙攣が走り抜けた。

（やめろ……もうやめてくれ）

健司は金縛りに遭ったように身動きできなかった。

片想いの女性が犯される姿を目にして、頭のなかがカッと熱くなる。嫉妬の炎が燃えあがるが、ペニスはさらに硬さを増していた。

「くっ……」

ジーパンが苦しくてならない。ファスナーをおろして勃起した逸物を剝きだしにすると、太幹に右手の指を巻きつけた。

「ううっ」

握っただけだというのに快感が膨れあがり、尿道口からカウパー汁がどっと溢れ出す。もはや理性は吹き飛ぶ寸前だ。好きな人が乱れていく姿を盗み見て、欲望を抑えられるはずがなかった。

「あああッ！」

桜子の声がさらに艶を帯びる。背後から両手首を摑まれて、手綱のように引かれていた。

「い、いやっ……あぁッ……あぁッ」

口では「いや」と言いながら、喘ぎ声は大きくなっていく。乳房を突き出すように背筋を反らして、バックから激しいピストンを受けている。男が腰を打ちつけるたび、尻たぶが乾いた音を響かせた。

「ぬううッ、感じてるんだな」

「そ、そんなはず……あッ、あぁッ」

「誤魔化したってわかるんだぞ、ほら、こんなに締まってるじゃないか」

何度も体を重ねている孝士には、すべてが手に取るようにわかるらしい。奥を抉るようにペニスを叩きこみ、桜子をさらに悶えさせた。

「はあぁッ、ダ、ダメっ、あぁあッ、奥はダメぇっ」

涙まで流しながら喘ぎまくる。ピストンに合わせて乳房が弾み、尖り勃った乳首の先端から汗が飛び散った。

(桜子さんが、あんなに乱れて……)

健司は男根を握りしめて、室内を覗いていた。

悔しいのに異常なほど興奮している。ペニスは破裂寸前まで膨らみ、頭が沸騰しそうになっていた。

（もう……もうダメだ！）

我慢できずに肉棒をしごけば、先走り液が大量に溢れて快感が脳天まで突き抜ける。背徳感をともなうどす黒い愉悦だ。悪魔に魂を売り渡す覚悟で、桜子が喘ぎ悶える姿を凝視しながら一心不乱に男根を擦りまくった。

「ようし、最後はこれだ」

孝士は背後から彼女の腰をしっかり抱くと、尻を畳につけて仰向けになる。バックから繋がった状態で寝そべり、女体を自分の上に乗せあげた。

「ああッ、いやぁっ」

悲鳴にも似た悲痛な声が響き渡った。

女が脚を大きく開いて男の股間にまたがる、いわゆる背面騎乗位と呼ばれている体位だ。しかも、両手を背後に引かれているため、股間を突き出すような恥ずかしい格好になっていた。

（す、すごい……）

男根を擦る手に思わず力がこもった。

体位を変えるときに向きが変わり、健司が覗いている位置から結合部分が丸見えだ。桜子の薄ピンクの陰唇に、禍々《まがまが》しいペニスが突き刺さっている。花びらは大量の愛蜜にまみれており、太幹までぐっしょり濡らしていた。

「はうッ、ダメっ、動かないで」

下から突きあげられて、桜子が悲痛な声で懇願する。ところが、男は構うことなく腰を使い、男根を容赦なく抜き差しした。

「ああッ、こんなのって、ああぁッ」

「これがいいんだろ？」

孝士の動きに合わせて女体が揺れる。桜子の困惑しながらも快楽に溺れていく表情が悩ましい。太幹を埋めこまれるたび、震える唇から感極まったような声が溢れだした。

「あうッ、ダメっ、あううッ」

「ほら、奥まで入ってるのわかるか？」

「はううッ、き、来てる、奥まで来てるの」

ついに桜子の双眸から歓喜の涙が流れ出す。そして、堰《せき》を切ったように、くびれた腰をくねらせはじめた。

「ああッ、も、もうっ、あああッ」

「わかるぞ、もうイキそうなんだな」

孝士の腰の動きも加速する。女壺をこれでもかと抉りまくり、桜子を追いつめていく。愛蜜とカウパー汁にまみれた結合部はドロドロで、二人はいつしか息を合わせて腰を振っていた。

「アソコが締まってるぞ」

「は、激しい、ああッ、あああッ」

桜子の喘ぎ声がいっそう大きくなった。股間をはしたなくしゃくりあげて、乳房をタプタプ揺らしはじめた。

（ううッ、桜子さん！）

健司は鼻息を荒らげて前のめりになった。

後先考えず猛烈な勢いで男根をしごきまくる。片想いしている女性が、自分以外のペニスを挿入されて、なおかつ結合部を晒して喘いでいるのだ。この状況で我慢できるはずがない。背面騎乗位で腰を振る桜子を見つめながら自慰行為に没頭した。

「はああッ、もう許してっ」

「いいぞ、ぬううッ、イッていいぞっ」

感じているのは桜子だけではない。孝士も低く唸って腰を突きあげる。何度も交わっているであろう二人は、あうんの呼吸で腰を振り合い、アクメの急坂を駆けあがっていった。

「あああッ、い、いいっ、はあああッ」

「ようし、俺も、ぬおおおおッ」

孝士が呻くと同時に、腰を思いきり突きあげる。肉棒が根元まで嵌りこみ、陰唇が収縮して太幹に巻きついた。

「あひいいッ、お、奥に……あああッ、イクっ、イクイクううッ！」

桜子がアクメを告げて、裸身を仰け反らせる。尖り勃った乳首を小刻みに震わせながら、ついに絶頂の彼方《かなた》へと昇り詰めていった。

「おうッ、桜子っ、おおおッ、くおおおおおおッ！」

その直後、孝士も欲望を解放する。ペニスを深く埋めこんだ状態で、ザーメンをドクドク注ぎこんだ。

「ひいッ、あひいいッ」

桜子がヒイヒイ喘ぎながら、腰に痙攣を走らせる。膣奥に精液の直撃を受けた衝撃で、またしてもオルガスムスの嵐に呑みこまれていった。

（さ、桜子さんっ、うぐぐッ、うむうううッ！）

健司は懸命に奥歯を食い縛り、声を押し殺しながら思いの丈を放出した。

太幹を右手でしごきたてて、熱いザーメンを左手で受けとめる。異常な興奮のなか、かつてないほど大量の精液を吐き出した。

部屋のなかでは、桜子がぐったりと男に体重を預けている。孝士は女体を背後から抱きしめて、余韻を楽しむように乳房を揉みしだいていた。

「桜子……やっぱり、おまえは最高だよ」

「ああンっ、もう……許して」

「俺にはおまえしかいないんだ」

「いや……いや……」

口では「いや」と言いながらも、身体をまさぐられると喘いでしまう。女体は男の愛撫にすっかり翻弄されていた。

そんな二人の甘い会話が、健司の心を逆撫でする。射精の快楽はほんの一瞬だけで、すぐに暗闇が全身を包んでいった。

（俺は……なにをやってるんだ）

欲望を放出したことで、冷静さが戻ってくる。

半萎えの男根を剝きだしにして、左の手のひらには大量の精液が溜まりを作っていた。

虚しさがこみあげて、瞬く間に胸を埋め尽くしていく。

血の味が口のなかにひろがった。気づくと下唇を強く噛みしめていた。最悪の気分だった。

自慰行為に耽っていた自分が間抜けに思えてくる。

一時の快感が去った今、胸のうちに残っているのは自己嫌悪だけだった。

力を失った男根をジーパンのなかに押しこんだ。ザーメンをこぼさないように注意しながら、薄暗い廊下をそそくさと戻っていった。

第四章　お礼は身体で

1

「窪塚くん、おはよう」

桜子はいつもどおり、さくら荘の前を竹箒で掃いていた。

柔らかい笑みを浮かべて、出かけていく住民たちに声をかけている。健司にも以前と変わらず接してくれた。

「ど、どうも……おはようございます」

ところが、どうしても意識してしまう。平常心を心がけるが、今朝も頬の筋肉がひきつってしまった。

桜子への熱い想いは変わっていない。それどころか新たな一面を垣間見たことで、なおさら気になる存在となっていた。しかし、彼女の顔を見るたび、男の下で乱れていた姿が脳裏で再生されてしまうのだ。面と向かうと、どう接すればいいのかわからなかった。

「最近、元気ないみたいだけど」

桜子が竹箒を持つ手をとめて、顔を覗きこんでくる。距離が近くなり、健司は慌てて顔をそむけた。

「忙しくて疲れてるんじゃない？」

「い、いえ……」

「なにかあったら言ってね。わたしでよかったら相談に乗るから」

やさしく声をかけてくれるのは嬉しいが、彼女では相談相手にならない。なにしろ、桜子のことで悩んでいるのだから。

「吾郎くんも東京に慣れるまでは心細かったって言ってたわ。健司くんのこと、心配してたわよ」

「吾郎さんが……」

本人に直接言われたことはないが、吾郎が気遣ってくれているのは、なんとなくわかっていた。

美咲も香澄も顔を合わせれば声をかけてくれる。都会のアパートでは、隣人の顔を知らないことも珍しくないというが、さくら荘に住んでいるのは心やさしい人たちばかりだった。

「あら、そういえば吾郎くん、まだ見てないわ」

ふと桜子が首をかしげる。警備員のアルバイトをしている吾郎は、毎朝、健司と同じくらいの時間に出かけていた。

「とにかく、窪塚くんもつらいことがあったら相談してほしいの」

桜子は思い直したように言うと、さらに近づいてくる。甘い吐息が鼻先を掠めて、胸の鼓動が一気に速くなった。

（ああっ、桜子さん……）

頭の芯がクラッとする。目眩に襲われ、足もとがふらついた。

「も、もうこんな時間だ」

とにかく、この場から離れたい一心で背を向ける。気を悪くしたのではと心配になるが、桜子は「いってらっしゃい」と声をかけてくれた。

「い、行ってきます」

振り返らずに走りだす。彼女が手を振っているのがわかるから、なおさら胸が苦しくなった。

(俺は最低だ……桜子さん、ごめんなさい)

走りながら背中で何度も謝罪した。

どうして覗きなどしてしまったのだろう。いや、覗きだけではない。自慰行為に耽ったことが、罪の意識を倍増させていた。

あの夜から一週間が過ぎている。

それなのに、いまだに記憶が薄れることはなかった。

なにしろ片想いをしている女性のセックスを目撃したのだ。喘ぎ声が耳の奥に残っており、目を閉じれば悶え泣く姿が瞼の裏にはっきり浮かぶ。今、こうして思い返しただけでも、ペニスがむずむずしていた。

以来、桜子と顔を合わせても、まともに目を見ることができなくなった。

それでも、彼女は普通に声をかけてくれる。健司のよそよそしい態度に気づかないはずはない。にもかかわらず、都会の生活に慣れない健司をいつも気遣ってくれるのだ。

淫蕩な顔と親切で清らかな顔。桜子は正反対のふたつの顔を持っている。どちらが本当の彼女なのだろう。

(桜子さん、あなたはいったい……)

あの夜を境に、健司の生活は急変した。

罪悪感と後悔だけではなく、嫉妬と興奮が胸のうちで渦巻いている。大学は休まず行っているが、寝ても覚めても桜子のことしか考えられなかった。

せめて気を紛らわせることができればいいのだが、アルバイトが忙しくて相変わらず遊ぶ暇はない。バラ色のキャンパスライフなど夢のまた夢、サークルともコンパとも無縁の地味な毎日を送っている。遊びに誘われても断ってばかりなので、そのうち誰も声をかけてくれなくなった。

とにかく、さくら荘と大学とバイト先をぐるぐるまわる生活だった。

この日も講義が終わると、アルバイトをしているコンビニに直行した。

仕事は主に飲料の品出しとレジ打ちだ。だいぶ慣れてきたとはいえ、生活費を稼ぐのは思っていた以上に大変だった。しかし、学費だけでいいと豪語して上京した以上、親には頼らないと決めていた。

仕事中も暇さえあれば桜子のことを考えてしまう。こんな気持ちになったのは初めてだ。きっと、こういうのを恋煩いと言うのだろう。

だからといって、もう告白することはできない。なにしろ、彼女が見知らぬ男に抱かれているのを目撃したのだ。

しかも、昔からの関係らしく、悔しいくらいに息がぴったり合っていた。

交際相手がいるとわかっていたら、心にブレーキをかけておくこともできたはずだ。だが、好きになってしまった今は気持ちに歯止めが利かない。頭のなかは彼女のことでいっぱいだった。

(俺は、どうすれば……)

あの夜の二人の姿を思い出すたび打ちのめされる。どう考えても、自分の入りこむ余地などなかった。

夜十時、アルバイトを終えると帰路についた。

街路灯に照らされた夜道をとぼとぼ戻っていく。東京とはいっても外れなので静かなものだ。上京前に抱いていたイメージとはだいぶ違う。どこもかしこも色とりどりのネオンが夜通し輝いていると思っていた。

ところが、このあたりは古くからある住宅街だ。夜になれば歩行者をちらほら見かけるだけだった。

(とっとと帰って、ひとっ風呂浴びるか)

銭湯ですっきりしたら、晩飯は適当に済まして寝るつもりだ。食費はできるだけ節約したいので、今日もインスタントラーメンにする予定だった。

（味噌は飽きたから、塩ラーメンに七味を振って……）

味のアレンジを考えていると、さくら荘が見えてきた。

「あれ？」

玄関の前に誰かが立っている。そのまま近づいていくと、香澄がなにやら心配顔であたりを見まわしていた。

「窪塚くん！」

彼女にしては大きな声を出して駆け寄ってくる。なにやら慌てた様子で、いきなり手を握ってきた。

「大変なんです」

眼鏡越しにじっと見つめられて動揺する。彼女はダンガリーシャツに白のスリムなパンツ姿だ。パンツは肌にぴったり貼り付くデザインなので、ヒップの丸みがはっきりわかってドキリとした。

「ど、どうしたの？」

彼女は両手でしっかり健司の手を掴んでいる。よほど不安なのか、双眸には涙が浮かんでいた。

「吾郎さんがいないんです」

「は？　なに、どういうこと？」

すぐには状況を把握できない。涙ぐんだ香澄は、健司の手を焦れたようにブンブン振った。

「行方不明になっちゃったんです」

「い、いや、ちょっと待って、まだ十時過ぎだし、どっかに出かけてるだけじゃないの？」

アルバイトが長引いているとか、銭湯で長風呂しているとか、晩飯を食べに行っているとか、いろいろ考えられるだろう。行方不明と言ってしまうのはおおげさな気がしたが、香澄は今にも泣きだしそうな顔で地団駄を踏んだ。

「もうっ、そうじゃないんですぅ」

普段大人しい人が取り乱すと、こちらまで焦ってしまう。状況がまったくわからないが、なにやら切迫した様子だった。

「と、とにかく落ち着いて」

「落ち着いてなんていられません！」

「う、うん、そうだよね。なにがあったのか教えてくれる？」

「昨日からいなかったみたいなんです」

「えっ、昨日から？」

香澄の説明によると、吾郎は昨日から警備員のアルバイトを無断欠勤しているという。今日になり、警備会社から大家の桜子のもとに連絡があって発覚したのだ。すぐに部屋を確認したが姿はなかったらしい。

「昨日の朝、いつもどおりさくら荘を出たのに、そのままどこかに行っちゃったみたいで」

彼女の声はどんどん小さくなっていく。

吾郎は警備員のアルバイトを何年もつづけているが、真面目に出勤しており評判はよかった。無断欠勤どころか、遅刻すら一度もしたことがない。二日間も連絡が途絶えるなど、考えられないことだった。

「窪塚くん、なにか聞いてないですか？」

縋るような瞳を向けられても、健司に思い当たることはなにもない。唯一あるとすれば、やはり大学受験のことだろう。日頃は飄々《ひょうひょう》としているのでわかりづらいが、やはり五浪している焦りはあったようだ。

「でも、まさか行方をくらますなんて……桜子さんたちは？」

「こっちです」

手を引かれてさくら荘に入り、桜子の部屋に連れていかれた。

「窪塚くんが帰ってきました」

ドアを開けて声をかけると、それぞれ携帯電話を手にした桜子と美咲が振り返った。

（さ、桜子さん……）

一瞬、胸が苦しくなるが今は緊急事態だ。失恋のショックを引きずっている場合ではなかった。

「窪塚くん、吾郎くんが見つからないの」

桜子の顔には焦りの色が浮かんでいた。

「群馬のご実家に電話したんだけど、やっぱりなにも聞いてないって」

心配で仕方がないのだろう、彼女の瞳も潤んでいる。なにか言葉をかけてあげたいが、無責任なことは言えなかった。

「ゴロちゃんの行きそうなところ知らない？」

美咲が険しい表情で尋ねてくる。

とりあえず、近所のスーパー、コンビニ、弁当屋、銭湯など、近所の思いつくところはひととおり電話をして、吾郎が姿を見せたら連絡してもらえることになっていた。

「吾郎さんの、行きそうなところ……」

まったく思い浮かばない。たまに部屋に誘われて雑談することはあったが、深い話をしたわけではなかった。たまには焼き肉を腹いっぱい食べたいとか、やっぱり発泡酒よりビールだねとか、どんな女の子が好みかとか、そんなどうでもいいことばかり話していた。

「俺、吾郎さんのこと、なんにも知らないんだ……」

仲良くなったつもりでいたが、いざ考えてみると吾郎が行きそうな場所も思い浮かばない。そもそも、行方をくらますほど思い詰めていたことにも気づけなかった。

「しんみりしてる場合じゃないわよ」

美咲の声はいつになく鋭い。濃紺のスーツ姿のままなので、会社から帰ってきてずっと吾郎のことを捜していたのだろう。

「反省なら後ですればいいから、とにかくゴロちゃんを見つけないと。なにかあってからでは遅いわ」

彼女の言葉で、今は一刻を争う状況だと理解する。

（まさか、吾郎さん……）

早まったことをしないか心配だ。浪人のプレッシャーに押し潰されたのだとしたら、投げ遣りになっていたとしてもおかしくない。

「もし吾郎さんになにかあったら、わたし……」

突然、香澄が声を震わせる。健司の隣で口もとに手をやり、こらえきれない涙を溢れさせた。

「泣いたってゴロちゃんは見つからないよ」

すかさず美咲が厳しい言葉を投げかける。しかし、そう言っている彼女も最悪の事態を想定しているのだろう。強がっているが、血の気が引いた唇を震わせていた。

「うん……」

香澄がこっくり頷くと、美咲は「おいで」と手招きする。そして、かたわらに座らせると、元気づけるように肩を抱き寄せた。

（美咲さんは付き合いが一番長いんだよな）

それなのに、美咲は懸命に平静を装い、動揺している香澄を気遣っている。桜子も動揺しながら、なにをすべきか必死に考えていた。

(男の俺が踏ん張らないと)

吾郎がいない今、さくら荘の男は健司だけだ。ここは自分がなんとかするしかなかった。

「部屋に書き置きっていうか、メモみたいなものはなかったですか?」

「それが、なにもないの」

即座に桜子が答えてくれる。吾郎の部屋に入ってみたが、行き先を示唆するものはなかったという。

「警察に届けたほうがいいんじゃない?」

美咲が提案する。肩を抱かれている香澄も小さく頷いた。確かに手がかりがない以上、無駄に時間が過ぎるだけだ。

「そうね……」

桜子がつぶやいたとき、ピンポーンという呼び鈴の音が響き渡った。

「俺、見てきます」

健司はほとんど反射的に部屋を飛び出した。吾郎と関係がある気がして、玄関へと急いだ。

軋む引き戸を開けると、そこには見知らぬ女性が立っていた。

カーキのフレアスカートにクリーム色のシャツを纏い、マロンブラウンのふんわりした髪が肩にかかっている。薄化粧だが整った顔立ちをしているので、かえって美しさが際立っていた。

「あの――」

どちらさまですかと尋ねようとしたとき、彼女が腰を九十度に折った。

「吾郎の姉の里山小百合《さゆり》です」

「あっ、吾郎さんの……」

そういえば、姉がいると聞いたことがある。六つ離れているので、ずいぶん可愛がってもらったと言っていた。行方不明の連絡を受けて、田舎から慌てて駆けつけたらしい。

「とにかく、大家さんのところに行きましょう」

まずは桜子に会わせることが先決だ。健司は彼女をうながして、管理人室へ連れていった。

2

「弟がご迷惑をおかけして申し訳ございません」

小百合は名乗るなり、深々と腰を折って謝罪した。

「そんな、お顔をあげてください」

桜子が慌てて声をかけて、美咲が急いで座布団を用意する。ところが、彼女は遠慮して畳に直接正座をした。

里山小百合、二十八歳。二年前に婿養子を迎えて、現在は家業である果樹園を手伝っているという。

健司たちも一人ひとり名乗ると、小百合はバッグからハンカチを取り出して目もとを押さえた。

「みなさんが心配してくださっているのに、あの子は……」

こらえきれない涙が双眸から溢れ出す。弟を心配する気持ちがひしひしと伝わり、桜子と美咲も瞳を潤ませた。香澄は最初から泣きっぱなしだったが、健司は腹に力をこめて涙をこらえた。

「あなたが健司さんだったのですね」

ふいに声をかけられてドキリとする。小百合は卓袱台を挟んで座っている健司に向かって手を伸ばし、いきなり握手を求めてきた。

「は、はい？」

右手をしっかり両手で包みこまれて困惑する。彼女の手はふんわりと柔らかく、慈愛に満ちている気がした。

「吾郎からうかがっております。弟と仲良くしてくださって、ありがとうございます」

吾郎から届いた手紙に、健司のことが書いてあったという。

今年、入居してきた「健司くん」という大学生と仲良くやっている。がんばっている彼の存在が刺激になった。もう一年だけ、今度が最後と決めて美大受験に挑むつもりだと綴《つづ》られていたらしい。

「あの子、友だちができたって喜んでました。本当にありがとうございます」

小百合はあらためて礼を言うと、またしても涙ぐんで目もとを拭った。

「吾郎さんが、俺のことを……」

思わず胸が熱くなる。東京に出てきて大学生になったが、アルバイトが忙しくて友だちを作る暇がなかった。つまらない毎日だと思っていたのに、吾郎はお姉さん宛の手紙に「友だち」と綴ってくれていたのだ。

「うっ……」

涙腺が緩みそうになるが、ここで男の自分まで泣くわけにはいかない。今は吾郎を無事に見つけ出すことに注力すべきだった。

「あの……吾郎さんが田舎に向かってるってことはないですか？」

吾郎が行く場所は実家しかない気がした。遠慮がちに尋ねてみるが、意外なことに小百合は即座に首を振った。

「それはないです」

なにも手がかりがないなかで、彼女の言葉は確信に満ちていた。特別な事情でもあるのか、表情が硬くなっているのが気になった。

「じつは、あの子、実家とはまったく連絡を取っていないんです」

小百合が意を決したように切り出した。

そもそも両親は美大受験に反対していたという。絵の才能云々ではなく、家業の果樹園を継がせたいと考えていたのだ。

吾郎の実家――里山果樹園は、いちご、桃、ぶどうを軸に、様々なフルーツを扱っている。年間を通して忙しく、経営は波に乗っていた。ところが、吾郎は子供の頃から絵が好きで、将来は画家になりたいが口癖だった。

「勉強も運動もできなかったけど、絵だけは得意だったんです」

吾郎のことを語る小百合の顔はやさしげだ。弟のことが可愛くて仕方がないようだった。

どうしても画家を目指したかった吾郎は、二年だけという期限付きで両親を説得して、レベルの高い美大予備校に通うために上京した。

ところが、二年つづけて受験に失敗してしまった。それでも諦めきれず、吾郎はチャレンジをつづけたいと言い出した。両親は激怒して仕送りを打ち切ったが、吾郎は東京に残ったという。

とはいっても、予備校の高い学費は払えない。三浪目からは予備校をやめて、警備員のアルバイトをしながら独学で美大を目指していた。

「父も母も本当は心配してるんです。吾郎だって……でも、互いに意地を張って連絡を取っていなくて……」

ほとんど勘当《かんどう》されたような状態でも、小百合とだけは手紙のやり取りをしていたという。

「あの子には、好きなことをやらせてあげたいんです。家の仕事はわたしたち夫婦が継げばいいと思っています」

弟には絵の才能があると信じているのだろう。小百合はときに挫《くじ》けそうになる吾郎の背中を押してきた。

「お姉さんが応援してくれたから、これまで吾郎さんはがんばることができたんですね」

素直な言葉が溢れ出す。姉妹のいない健司には、やさしい姉がいる吾郎のことが羨ましく感じた。

「でも、逆にプレッシャーを与えてしまったみたいで……」

そこで小百合はいったん言葉を切った。

五浪が決まったときは、さすがに落ちこんでいる様子だったという。それでも小百合は「応援してるからがんばって」と手紙に書いた。

「本当は田舎に帰りたかったのかなとか、わたしの言葉が重荷になったのかなとか、いろいろ考えてしまって……」

「ゴロちゃんは応援してもらって嬉しかったんじゃないかな」

美咲が元気づけるように声をかける。隣でしゃくりあげている香澄も、うんうんと頷いた。

「吾郎さん、どこに行っちゃったのかな……うっぅぅっ」

「もう泣かないの。きっと見つかるから」

嗚咽《おえつ》を漏らす香澄の頭を、美咲がやさしく撫でる。だが、元気づけている彼女も途方に暮れた顔をしていた。

重苦しい空気が濃くなっていく。口にこそ出さないが、誰もが不安を隠せなくなっていた。

「とにかく、捜さないと」

自分に言い聞かせるようにつぶやくが、どこを捜せばいいのか皆目見当がつかない。いたずらに時間ばかりが過ぎていった。

「やっぱり警察に届けたほうがいいのかしら」

桜子が提案するが、健司としてはできるだけ大事になるのは避けたほうがいいと考えていた。

「吾郎さん、ナーバスになってるだろうから、静かにしてたほうが戻りやすいんじゃないかな」

「でも、このままってわけにもいかないし……誰かゴロちゃんの行きそうなところ知らない？」

美咲の言葉に、みんな黙りこんでしまう。思い当たる場所には、すでに連絡してあった。

「吾郎……お願いだから早く帰ってきて」

震える声で小百合がつぶやいた。

これだけ弟のことを思っているなら、吾郎もやさしい姉のことを慕っているに違いない。受験のプレッシャーに押し潰されそうなとき、逃げだしたくなったとき、一番会いたい人はきっと小百合だろう。

（でも、田舎には帰れないだろうし……）

いくら姉に会いたくても、半ば勘当された状態なのだ。五浪中の身で、のこのこ故郷に向かうとは思えなかった。

（他に吾郎さんが行きそうな場所……）

眉間に皺を寄せて懸命に考える。友だちとして、なんとしても吾郎を捜しだすつもりだ。万が一のことがあったら、一生後悔することになる。一刻も早く見つけて、田舎から飛んできた小百合を安心させてあげたかった。

なにかヒントはないだろうかと頭をフル回転させる。上京した日に遡り、会話をひとつひとつ思い出していった。

（あ……そういえば）

ふと一枚の絵が頭に浮かんだ。

あれは初めて部屋に招かれたときだった。吾郎は少し照れながら、一枚のキャンバスをイーゼルに立てかけた。

高台から見おろした夕日に染まった街の風景だ。蛇行する川と彼方の山が印象的な、どことなく郷愁を誘う絵だった。

――福柴湯の近くに公園があるだろう。あそこから見える川が、なんとなく俺の田舎に似てるんだよ。

吾郎は確かそんなことを言っていた。

今にして思えば複雑な表情だった。帰りたくても帰れない故郷への思いを、一枚のキャンバスにこめたのではないか。

（そうだとしたら……）

少しでも可能性があるなら確認するべきだ。健司が立ちあがると、全員の視線がいっせいに集まった。

「警察に連絡するのは、少しだけ待ってもらえますか。俺、ちょっと行ってきます」

「なにか思いついたの？」

すかさず美咲が尋ねてくるが、質問に答えることなく飛び出した。

胸騒ぎがする。みんなを連れていくべきではない。とにかく、早くあの公園に行って確認したかった。

スニーカーを履いて、夜道を猛然と走りだした。

本気で走るのは高校の体育祭以来だ。すぐに息が切れて、全身の毛穴から汗が噴きだした。それでも、休まず脚を動かしつづける。膝がガクガクするが、吾郎の無事を確認するまでは休めなかった。

最後に緩い坂道を駆けあがり、公園の入口に辿り着いた。

前屈みになって両膝に手を置き、乱れた呼吸を整える。酸欠で目眩がするが、それでも公園のなかに視線を向けた。

道路から差しこむ街路灯の明かりが、かろうじて周辺を照らしている。滑り台とブランコと鉄棒があるだけの小さな公園だ。ベンチに人影はなく、がらんとしていた。

（やっぱり、いないか……）

諦めかけたときだった。

奥にある木の前でなにかが動いた。暗いのでよくわからないが、どうやら人がいるようだ。

近づいて確認するしかない。まだ息が苦しいが、膝に力をこめて公園内に足を踏み入れた。

大きな木の下に、ひとりの男がこちらに背を向けて立っている。

なにやら上のほうを見あげているが、いったいなにをしているのだろう。Tシャツにジーパンというラフな格好で髪の毛はボサボサだ。はっきり顔は見えないが、この時点で吾郎だと確信した。

「ご……ご……」

名前を呼ぼうとするが、まだ呼吸が整っていない。とにかく、少しでも近寄ろうと、ふらふらしながら必死に歩を進めた。

「よっ！」

吾郎が小さな声を漏らして、木の幹にしがみつく。暗闇のなか、なにを考えているのか木によじ登ろうとしていた。

（まさか、首を吊るつもりなんじゃ……）

嫌な予感が脳裏をよぎる。一番恐れていたことが、今まさに目の前で起ころうとしていた。

「クッ……」

ジーパンの上から自分の太腿に爪を食いこませる。気力を振り絞り、懸命に地面を蹴ってダッシュした。

「ぬおおおッ、吾郎さんっ！」

ぎくしゃくしながら木に駆け寄ると、すでに五十センチほど登っていた吾郎の腰にしがみつく。そして、最悪の事態を回避しようと、体重をかけて力まかせに引っ張った。

「おわっ、な、なんだ?」

不意を突かれた格好の吾郎は、踏ん張ることができず簡単に落ちてきた。

「うわあっ！」

「死んじゃダメだぁっ！」

二人は折り重なるようにして地面に転がった。

「吾郎さん、早まらないでくださいっ」

身体を起こしながら言葉をかける。吾郎が逃げないように、ジーパンのウエスト部分をしっかり握りしめていた。

吾郎は後ろ向きに落下したが、健司が受けとめる格好になったので、掠り傷ひとつ負っていない。健司は肘を擦り剝いたが、友だちの命を救ったのだ。言うなれば名誉の負傷だった。

「あれ、健司くんじゃないか、いきなりどうしたんだい？」

吾郎は地面に胡座《あぐら》をかくと、心底不思議そうに首をかしげる。誤魔化そうとしているのか、思いのほか表情は普通だった。

「どうしたじゃないですよ！　ど、どれだけ心配したか……」

つい大きな声を出すが、直後に声が震えてしまう。緊張の糸が切れて、こらえていたものが一気に溢れだした。

「健司くん？」

「突然、いなくなるから、みんなで心配して捜してたんですよ」

目尻に滲んだ涙を手の甲で拭い、どこか脳天気な吾郎をにらみつける。怒っている振りをしなければ、大泣きしてしまいそうだった。

「どこに行ってたんですか？」

「……ごめんよ」

吾郎は目を丸くしていたが、ようやく事態を察したらしく、ふっと肩から力を抜いた。

「ひとりになりたかったんだ。自信がなくなっちゃってね……」

受験のプレッシャーに押し潰されそうになり、逃げだしたらしい。街をうろうろしていたが、金がなくなり腹が減って困っていた。気づくと、この公園のベンチに腰かけていたという。

「どうして、俺に連絡してくれなかったんですか」

安堵と憤怒《ふんぬ》が混ざり合い、ついに涙が溢れて頬を伝い落ちる。そんな健司のことを、吾郎が神妙な顔で見つめていた。

「健司くん……す、すまん」

震える声で謝られると、ますます気持ちが抑えられなくなる。無事に見つかってよかったと思う一方、相談してもらえなかった悔しさがこみあげた。

「水臭いですよ、友だちじゃないですか」

「そうだよね……俺たち、友だちだ」

吾郎の目にも涙が滲んでいる。それを見たとき、ようやく健司の気持ちも落ち着いてきた。

「いろいろ大変かもしれませんけど……でも、死ぬことないじゃないですか」

「え？」

「だって、そうでしょ。人間、死んだらお終いですよ。死ぬくらいなら、田舎に帰る勇気だって――」

「ちょ、ちょっと待って」

健司の涙ながらの言葉は、吾郎の困惑した声に遮られた。

「なんか誤解してるんじゃないかな、俺は現実逃避したくなっただけで、おかしなことは考えてないよ」

「だって、今、木に登って……じゃあ、なにをしてたんです？」

そう言っている間に、吾郎の顔に笑みがひろがっていく。よくわからないが、どうやら健司の早とちりだったらしい。

「あれだよ」

吾郎が木を見あげて、人差し指をまっすぐ向ける。その指先を辿っていくと、木の幹になにやら黒い物があった。

「なんです？」

よく見ると、一匹のクワガタがとまっている。この暗いなかで、よく発見したものだと感心した。

「まさか、クワガタを捕ろうとしてたとか？」

「うん、ミヤマクワガタの牡だからね。テンションがあがって、腹が減ってるのも忘れちゃったよ」

吾郎の顔には、子供のように無邪気な笑みが浮かんでいる。そんな彼の表情に釣られて、気づくと健司も笑っていた。

「クワガタって……は、ははは」

「小さい頃、姉貴といっしょによく虫捕りをしたよ。俺は下手だったけど、姉ちゃんは上手かったな」

「あっ、言うの忘れてました。お姉さんが来てますよ」

「ええっ！　姉ちゃんが？」

吾郎の表情が一変する。田舎にまで連絡が行っているとは思わなかったらしい。驚いた直後、困り果てたように夜空を仰いだ。

「まいったな……なんか言ってたかい？」

姉には頭があがらないらしい。吾郎は大きく息を吐きだし、探るように尋ねてきた。

「すごく心配してました」

「そっか……」

「さくら荘で待ってます。お姉さんだけじゃないですよ。早く帰って、みんなを安心させてあげましょう」

うながして立ちあがり、肩を並べて夜道を戻った。

途中、携帯電話で桜子に連絡を入れて、吾郎が見つかったので今から連れて帰ると伝えておいた。

「よくあの公園にいるってわかったね」

吾郎が不思議そうに尋ねてきた。

「絵を思い出したんです」

故郷への憧憬がこめられた素晴らしい作品だった。

「あれは、健司くんにしか見せてないんだ」

吾郎のつぶやきを聞き、友だちだと実感して嬉しくなる。

あの絵が導いてくれたのだから、結果として吾郎が教えてくれたようなものだった。

さくら荘が見えてきた。

みんな外に出ている。桜子、美咲、香澄、それに小百合。下宿に入る前に、吾郎は四人に囲まれた。

「もう、どこに行ってたのよ」

小百合が泣きながら怒っている。可愛い弟が無事に帰ってきて、心の底からほっとしているのがわかった。

「姉ちゃん、ごめん」

「わたしはいいから、みなさんに謝りなさい」

「ご心配おかけして、どうもすみませんでした」

吾郎が頭をさげると、隣で小百合も深々と腰を折る。そして、気の毒になるくらい、何度も何度も謝罪の言葉を繰り返した。

「吾郎くんが無事ならいいのよ」

「ああ、よかった。本当に心配したんだからね」

桜子がやさしく言葉をかければ、美咲はバシバシと吾郎の肩を叩きまくる。その横では、香澄が両手で顔を覆って泣いていた。

「香澄ちゃん、ごめんよ」

吾郎が申し訳なさそうに声をかける。すると、香澄は泣きながら下宿のなかに駆けこんでいった。

「あ……」

なにが起こったのかわからないといった感じで吾郎が立ち尽くす。それを見た美咲が、またしても背中をバシッと叩いた。

「あっ、じゃないでしょ。早く謝ってきなさい」

「もう謝ったけど」

「鈍感っ、いいから行く！」

「は、はいっ」

美咲に強く言われて、吾郎は慌てて香澄を追いかける。そんな一連のやりとりを、みんなは安堵の笑みを浮かべて眺めていた。

「窪塚くん」

玄関に入ろうとしたとき、桜子に呼び止められた。

「本当にありがとう、窪塚くんがいなかったらどうなっていたか」

神妙な顔で礼を言われると照れ臭い。絵を見せてもらっていたから、居場所の予想がついただけだと説明した。

「吾郎さんの絵を知っていれば、誰でもピンと来たことですから」

「ううん、窪塚くんはやさしくて、それに強いわ……」

今回の件以外にも、なにがあったのだろうか。吾郎は無事見つかったというのに、桜子はやけに深刻な表情になっていた。

「わたしにも、窪塚くんくらいの勇気があったら……。ひとりで向かったのは、万が一のことを考えたからでしょう?」

「や、やだなぁ、買いかぶりですよ」

健司はペコリと頭をさげて玄関に入った。

決して自分ひとりの力ではない。全員で一所懸命に捜したから、最終的に発見できたのだと思っていた。

3

「イテテ……」

濡れタオルでそっと拭くと、擦り剝いた肘がヒリヒリ痛んだ。

吾郎を連れて戻ったのは、日付が変わる寸前だった。銭湯の営業時間は零時までなので間に合わない。健司は仕方なく自室で素っ裸になり、濡れタオルで体を拭いていた。

なにしろ走りまわったので、汗をかいて全身がべたついている。一度は布団を敷いて横になったが、気持ち悪くて眠れなかった。

コンコンッ――。

そのとき、ドアが遠慮がちにノックされた。

こんな時間に誰だろう。とにかく、全裸なので慌ててボクサーブリーフを穿きながら返事をした。

「はい――」

ちょっと待ってください、と言う前にドアが開けられてしまう。顔を覗かせたのは小百合だった。健司が「はい」と言ったのを、「どうぞ」という意味に受け取ったらしい。

「こんばんは……あっ」

健司の姿を見て、小百合は頬をぽっと赤らめる。驚いた様子だが、それでも目を背けようとはしない。かろうじて股間は隠れているが、ボクサーブリーフ一丁の姿を見られてしまった。

「す、すみません」

「わたしのほうこそ、ごめんなさい。お着替えの最中でした？」

「か、体を拭いてまして」

いったん出ていくかと思いきや、彼女は部屋のなかに入ってきた。

「ちょっとだけお時間いいですか？　弟のことでお礼を言いたくて」

小百合は返事を待つことなく、後ろ手にドアを閉めてしまう。そして、さりげなく健司の裸体に視線を這わせてきた。

「す、すぐに服を着ます」

慌てて床に脱ぎ捨ててあったTシャツに手を伸ばす。ところが、健司が拾う前に彼女がすっと歩み寄って目の前にしゃがみこんだ。てっきりTシャツを渡してくれるのかと思ったが、なぜか彼女は丁寧に畳みはじめた。

「あ、あの……」

「どうぞお気になさらず、つづけてください」

そう言われても気になってしまう。今日会ったばかりの女性の前で、グレーのボクサーブリーフ一枚しか身に着けていないのだ。しかも、彼女は友だちの姉であり、どこか儚げな感じがする美女だった。

（まいったな……）

戸惑いながらも、濡れタオルで体を拭いていく。すると、彼女は畳んだTシャツを畳の上にそっと置き、あらたまった様子で正座をした。

「吾郎を捜してくれて、本当にありがとうございました」

丁重に頭をさげられて、ますます困ってしまう。礼を言われるようなことはしていない。それどころか、吾郎が悩んでいたのに気づけなかったことを反省していた。

「俺はなにも……どうか、お顔をあげてください」

健司も慌てて正座をすると、額を畳に擦りつけている小百合に声をかける。ところが、彼女は顔をあげようとしなかった。

「健司くんが見つけてくれなかったら、あの子、どうなっていたか……」

こみあげてくるものがあるのだろう。小百合はそこまで言うと、涙をこらえるように黙りこんだ。

「俺、吾郎さんの絵が好きなんです」

自然と口が動いていた。

「なんか、あったかい感じがいいなって……だから、ずっと描いててもらいたいんです」

自分でもなにを言いたいのかわからない。とにかく、吾郎を応援したい気持ちだった。

「ありがとう……吾郎の友だちになってくれて、本当にありがとう」

小百合は顔をあげたと思ったら、健司の手を握りしめてくる。潤んだ瞳で見つめられて、ふいに緊張感が高まった。

「い、いえ……そんな、俺のほうこそ……」

彼女は前屈みになったため、シャツの襟もとから白い谷間が覗いていた。ブラジャーのレースまでチラリと見えて、胸の鼓動が速くなってしまう。懸命に視線を逸らすが、すでに残像が脳裏に焼きつけられていた。

「お礼をさせてほしいの」

小百合はそう言って、健司の手からタオルを取った。

なにをするのかと思えば、膝が触れ合うほどににじり寄り、首筋にそっと濡れタオルを押し当ててきた。

「こ、こんなこと、してもらうわけには……」

「お願いだから、なにかさせて」

涙目で懇願されたら断れない。彼女の気持ちを受けとめようと、健司は正座をしたまま目を閉じた。

濡れタオルが首筋から鎖骨のあたりを撫でていく。さらに胸板へとさがり、円を描くようにやさしく清めてくれる。敏感な乳首が擦れて甘美な痺れがひろがるが、顔には出さないように気をつけた。

「うっ……」

いったん離れてほっとした直後、不意を突くように触れてくる。しかも、左右の乳首を交互に刺激されて、小さな声が溢れだした。

(な、なんだ?)

さすがにおかしいと思って目を開ける。すると、小百合の顔がすぐそこに迫っていた。

「さ、小百合さん?」

「動かないで、まだ途中だから」

甘い吐息がかかる距離だ。しっとり潤んだ瞳で見つめながら、明らかに乳首を狙って撫でまわしてくる。濡れタオルでやさしく触れられて、たまらず腰をもじつかせた。

「どうしたの? もじもじして」

「い、いや、その……あ、足が痺れて」

とっさに誤魔化すと、彼女は敷いたままの布団を見やった。

「じゃあ、横になりましょうか」

「え、でも……」

「さあ、どうぞ」

小百合はすっと手を取り、布団へと導いた。仰向けになるようにうながし、自分はかたわらに正座をする。そして、濡れタオルをきちんと裏返して、にっこり微笑みかけてきた。

「お風呂に行く時間がなくなってしまったんですね。ごめんなさい」

「い、いえ……」

二の腕にタオルを当てられる。横になったことで、ますます緊張感が高まっていた。

指まで一本いっぽん丁寧に拭き清めてくれる。まるでペニスをしごくような動きに胸の鼓動が速くなってしまう。それでも、懸命に欲望を抑えこみ、きわどいところで平常心を保ちつづけた。

「ご、吾郎さんは？」

「眼鏡の女の子のところに行ったきり戻ってこないの。宥《なだ》めるのに苦労してるんじゃないかしら」

小百合はなぜか嬉しそうだった。

確かに香澄は珍しく感情を露わにしていた。あれだけ泣き怒りしていたら、落ち着かせるのは大変だろう。

「反対の手も拭きますね」

小百合はそう言って前屈みになり、反対側の手を取った。結果としてシャツの襟もとから、またしても乳房の谷間がチラリと覗く。どうしても視線が惹き寄せられて、まじまじと見つめてしまった。

「腋《わき》の下も汗かいてるでしょ？」

濡れタオルが腋の下に入ってくる。敏感な場所を拭かれて、体がピクッと反応した。

「うくっ」

「くすぐったいかしら。少し我慢してくださいね」

「うっ……ううっ」

くすぐったさに身をよじるが、彼女はやめようとしない。それどころか、健司の反応を楽しんでいる節があった。

「ここは汗をたくさんかく場所だから」

そうつぶやいた小百合の口もとに、微かな笑みが浮かんだ。気のせいかと思ったが、彼女は腋の下を集中的にまさぐってくる。ただ念入りに拭いているだけだろうか。

「も、もう大丈夫です」

「じゃあ、次は足ね」

小百合は下半身のほうに移動すると、つま先をタオルで包んでくる。指の股まで念入りに拭かれて、くすぐったさをともなう快感が湧き起こった。

「うぅっ、も、もう、本当に……くううっ」

「まだ全部拭いてないわ」

もう一方のつま先も同じように清められる。健司は笑いをこらえるのに必死で、なにも考えられなくなっていた。

「まあ……」

ようやくタオルが離れた直後だった。小百合が息を呑む気配がして、健司はなにごとかと視線を向けた。

「あっ！」

彼女の視線を辿り、思わず小さな声をあげてしまう。小百合は健司の股間を見つめて、驚いたように固まっていた。

（ヤ、ヤバい……）

額に汗が滲んで、こめかみを流れ落ちていく。

気づいたときには、ボクサーブリーフの股間がこんもり盛りあがっていた。体を拭かれたことで反応したらしい。いつの間にかペニスが芯を通して、布地を突き破る勢いでそそり勃ってしまった。

「こ、これは、その……」

言い訳しようとするが、なにも思い浮かばない。結局、健司は赤い顔で口をつぐむしかなかった。

小百合は息を呑んで黙りこんでいる。視線は大きくテントを張った股間に向いたまま、頬の筋肉を微かにこわばらせていた。

長い静寂を破ったのは小百合だった。

ふんわりした髪を搔きあげて、小さく息を吐きだした。いくら弟の恩人とはいえ、許せることではないだろう。厳しい言葉を浴びせられると覚悟して、健司は両目を強く閉じていった。

「うくっ！」

直後に甘美な刺激に襲われる。慌てて目を開けると、なぜか小百合がボクサーブリーフの股間に手のひらを重ねていた。

「え？　あ、あの……」

激しく動揺するが、勃起してしまった後ろめたさもあり、しどろもどろになってしまう。そんな健司の心情をわかっているのかいないのか、小百合は硬い膨らみを、スリッ、スリッと撫でまわしてきた。

「ちょっ、そ、それ……ううっ」

「向こうで、夫と喧嘩をしたんです」

手をゆったり動かしながら、小百合がぽつりぽつりと語りはじめる。なにやら思い詰めた表情だが、今の健司には相づちを打つ余裕すらなかった。

「吾郎のことで大家さんから連絡をもらったでしょう。そうしたら、おまえが吾郎を甘やかすからいけないんだって」

「そ、そんなことが……うむっ」

勃起した男根を布地越しに擦られている。ちょうど裏筋のあたりを撫でられて、快感が小波のように湧き起こった。

「弟が可愛いのは当然でしょう。それなのに、ひどいと思いませんか?」

小百合の細い指が太幹に巻きついてくる。ボクサーブリーフごと握られて、ついに先端からカウパー汁が溢れだした。

「くううっ!」

「吾郎は美大に行くために、あんなにがんばってるんだもの。応援してあげたくなるじゃない」

「ちょ、ちょっと……うっ、ううっ」

快楽の呻き声をこらえきれない。首を持ちあげて己の股間を見おろせば、テントの頂点に黒っぽい染みがひろがっていた。

「うちの人、全然わかってくれないの。頭に来ちゃうわ」

言葉に熱が籠もるほどに、竿を握る手にも力が入る。カリ首のあたりを締めつけられて、愉悦が一気に膨れあがった。

「ううぅッ! ま、待ってくださいっ」

反射的に大声で訴える。このままでは暴発してしまう。ペニスはパンパンに張り詰めて、我慢汁を大量に溢れさせていた。

「あっ、ごめんなさい」

小百合は我に返るが、それでもペニスに絡めた指は離さない。その代わり、今度はやさしい手つきでしごきはじめた。

「うっ、そ、それは……ううっ」

「痛かった？　こうして撫でたら、よくなるかしら」

もはや愛撫と変わらない。布地越しとはいえ、人妻にペニスをマッサージされているのだ。先ほどまでの強すぎる刺激から一転して、甘美な悦楽の小波が押し寄せてきた。

「こ、これはこれで……ヤ、ヤバいです」

「もう痛くないですか？」

小百合はねちっこく手首を返しながら問いかけてくる。健司の性感は切羽詰まっており、慌てて何度も頷いた。

「い、痛くないどころか……うむっ」

「もしかして、もう出ちゃいそうなの？」

尋ねてくる声が艶を帯びている。甘い囁きで鼓膜が振動すると、全身の感度がアップしていく。内心を見抜くような視線もたまらず、健司は腰をくなくなよじらせた。

「で、出ちゃいます、くううッ」

必死に訴えると、ようやく手コキのスピードが緩くなる。すでにボクサーブリーフのなかは、カウパー汁でぐっしょり濡れていた。

「ふふっ、染みが大きくなってます。それにエッチな匂いもしてきたわ」

小百合は瞳を潤ませながら深呼吸する。青臭い牡の芳香に興奮したのか、喉を鳴らして生唾を飲みこんだ。

「このまま夫のところに帰るのも癪《しゃく》だから、ちょっと遊びたいわ。そうじゃないと気が収まらないもの」

「あ、遊ぶって……」

「ねえ、健司くん、今晩だけ付き合ってくれませんか?」

吾郎が無事に見つかった安堵に加えて、夫へのあてつけもあるのだろう。小百合の瞳はいよいよ妖しげな光を放ちはじめた。

「ま、まずくないですか?」

「じつはね、倦怠期《けんたいき》って言うのかしら……ここのところご無沙汰なの」

最近、夫婦の夜の生活が上手くいっていないという。新婚時代は毎晩のように求められたのに、すっかり回数が減ってしまったらしい。

「ふた月に一回あればいいほうで……ねえ、健司くん、お願いです」

彼女の指がボクサーブリーフのウエストにかかる。縁をねちねちとなぞられて、くすぐったさに身をよじった。

「くうっ、で、でも……」

「わたしって、そんなに魅力ないですか？」

小百合がぽつりとつぶやく。顔をうつむかせて、視線をすっとさげた。

「だから、夫はわたしのことを抱いてくれないんですね」

躊躇したことが、誤解を与えてしまったらしい。健司は慌てて首を振って弁解した。

「違うんです、小百合さんはとっても魅力的です」

「本当ですか？」

「はい、だからこんなになってるんじゃないですか」

自分の股間を見おろして言い切った。力説することではないが、股間の膨らみがなによりの証拠だ。彼女に惹かれたからこそ、男根はこれほどまでに反応していた。

「こんなに突っ張って……苦しそう」

小百合が人差し指の先で、ボクサーブリーフの膨らみの頂点、カウパー汁の染みがひろがっている場所に触れてくる。ごく軽い刺激だが、下半身全体に甘い痺れが伝わった。

「うくっ……で、でも、吾郎さんに気づかれたら大変だと思って」

吾郎が部屋に戻ってきたとき、小百合が居なかったら不審に思うだろう。もしかしたら、下宿のなかを捜しまわるかもしれない。この部屋にいることがばれたら、と考えると気が気でなかった。

「吾郎なら大丈夫よ。多分、今夜は戻ってこないわ」

彼女の言葉は確信に満ちている。香澄を宥めるのに時間がかかるという意味だろうか。今ひとつわからないが、小百合は再びボクサーブリーフのウエストに指をかけてきた。

「だから、いいですよね?」

返答を待たずに最後の一枚がずりおろされる。ついに解放されたペニスが、唸りをあげながら飛び出した。

「あっ……すごい」

小百合が双眸を見開き、鎌首をもたげた男根を凝視する。亀頭はカウパー汁でぐっしょり濡れており、妖しげに光っていた。

「ああっ、もう我慢できない」

彼女はひとりごとのようにつぶやき、服を脱ぎはじめる。シャツの下につけているのは、生活感溢れるベージュのブラジャーだ。スカートとストッキングをあっさり取り去ると、やはり地味なベージュのパンティが露わになった。

「こんなこと、いつもしてると思わないでください」

小百合は恥ずかしげに睫毛を伏せて、両手を背中にまわしていく。ブラジャーのホックが外れた途端、豊満な乳房が溢れ出す。カップで無理やり抑えこまれた双乳は、目を見張るほどの大きさだった。

「で、でかい……」

思わずつぶやいてしまうほどのサイズで、見事な釣鐘形を保っている。しかも、先端の乳首は愛らしい薄紅色だ。ひと目見た瞬間、むしゃぶりつきたい衝動がこみあげた。

さらに小百合はパンティをおろしはじめる。むっちりした太腿の表面を滑らせて、左右のつま先から交互に抜き取った。

「お……おおっ」

気づいたときには首を持ちあげていた。

彼女の股間には、いかにも柔らかそうな陰毛がふわっと茂っている。形を整えたりせず、自然にまかせるままそよがせていた。

「素敵です、すごく……旦那さんが放っておく理由がわかりません」

本心からの言葉だった。無意識のうちにつぶやくと、彼女は照れたように身をよじる。そして、屹立したペニスの根元に指を絡めてきた。

「あの人のことは言わないでください」

小百合は脚の間に入ってくると正座をする。必然的に健司は脚を大きく開く格好になった。

「な、なにを——くううッ！」

彼女は前屈みになったと思ったら、いきなり太幹の裏側にキスをした。

柔らかい唇が触れた瞬間、鮮烈な刺激が脳天に突き抜ける。反射的に両脚が突っ張り、つま先までピーンッと伸びきった。

「こ、こんなこと……」

ペニスに口づけされるなど初めてだ。突然のことに当惑しつつ、期待感が膨らんでしまう。麗しい女性に唇で愛撫してもらうなど夢のようだ。吾郎が近くにいるのはわかっているが、拒むことはできなかった。

「いっぱい気持ちよくしてあげます……ンンっ」

舌先で裏筋をくすぐられて、腰がむずむずする快感がひろがっていく。男根はさらに硬くなり、先端から透明な汁が滲み出た。

「ううっ、き、気持ち……うむっ」

カリ首にも舌が這いまわる。鋭く張りだした傘の裏側を丁寧に舐められて、たまらず全身の筋肉に力が入った。

「そ、そこは……ううウッ！」

「ここが感じるんですね……ンっ、ンっ」

彼女は健司の反応を見ながら、カリ首の周辺を集中的に責めてくる。唾液を塗り伸ばすように一周すると、亀頭に舌が這いあがってきた。

張り詰めた肉の表面を、じっくり時間をかけて舐められる。焦れったい快感に腰をもじつかせると、彼女は上目遣いに見つめながら、いよいよ亀頭をぱっくり咥えこんだ。

「はむンンっ」

「うおッ、き、気持ち……おおおッ！」

カリ首を唇で締めつけられた瞬間、尻がシーツから浮きあがった。

熱い吐息で先端を包みこまれて、カリ首を柔らかく咥えられている。その状態で、彼女は健司の目を見つめているのだ。両手の指を太幹の根元に添えて、牡の欲望器官をしゃぶっていた。

（フェ、フェラチオされてるんだ）

心のなかでつぶやいたことで、興奮と快感がさらに大きくなる。フェラチオされていることを実感して、腹の底から悦びがこみあげてきた。

（や、やった……やったぞ）

初めてセックスしたときも昂ったが、新たな扉を開いた気分だ。全身の血液が沸きたつような高揚感に襲われた。

「ンっ……ンっ……」

小百合が唇をゆっくり滑らせる。肉柱の表面を撫でながら、さらに深く呑みこんでいく。竿を柔らかくしごかれて、しかも舌まで絡みついてくる。亀頭をねろりと舐めまわし、竿の部分にも這いまわってきた。

「あふっ……むふンっ」

「おおッ、おおおッ」

健司はもう呻くことしかできない。初めてのフェラチオは強烈すぎる。両手でシーツを強く摑み、快感の衝撃を懸命に耐えていた。

そんな反応を楽しんでいるのか、小百合は健司の顔を見つめたまま、ゆったり太幹をしゃぶっている。根元まで口内に収めると、そこでいったん動きをとめて、逸物全体に唾液をたっぷり塗りつけた。

「ンふっ……はむンンっ」

「ううっ、小百合さんの舌が……」

生温かい舌がペニスの表面を這いまわる。ソフトな舌使いが蕩けるような愉悦を生みだし、瞬く間に健司の性感を追いこんだ。

「ま、待ってくださ——くううッ！」

制止の声は途中から快楽の呻きに変わってしまう。彼女が首を振りはじめたのだ。唾液と我慢汁にまみれた男根が、執拗に唇でしごかれる。手でされるのとは異なる刺激に、全身が凍えたように震えはじめた。

「ンンっ……はむっ……あむンっ」

彼女の頭が股間で激しく上下する。一往復ごとに快感が倍増して、急激に射精感が膨らんだ。

「ダ、ダメです、も、もう……うううッ」

慌てて尻の穴に力をこめる。懸命にこらえるが、なにしろ初めてのフェラチオだ。決壊のときは目前に迫っていた。

「おおおおッ！」

本当にもう我慢できないと思ったそのとき、唐突に小百合の唇がすっと離れていった。

快感の波が弱くなり、今度はイキそびれた虚《むな》しさに襲われた。破裂寸前まで膨張した肉柱は、たっぷりの唾液にまみれてヌメ光っている。亀頭の先端からは耐えずカウパー汁が染みだしていた。

「さ、小百合さん……」

「我慢できないんですね。わたしも……」

小百合は身体を起こすと、仰向けになった健司を逆向きにまたいでくる。いわゆる背面騎乗位の体勢だ。ちょうど正面に窓ガラスがあり、二人の姿が映りこんでいた。

「わっ、ま、丸見えですよ」

首を持ちあげて窓ガラスを見やれば、大股を開いた彼女の股間がしっかり確認できる。小百合は両足の裏をシーツにつけて膝を立てているのだ。サーモンピンクの花びらは、たっぷりの愛蜜にまみれて妖しげな光を放っていた。

「健司くんのすごく硬くて、それに……」

右手でペニスを摑み、先端をサーモンピンクの陰唇に押し当てる。ゆっくり腰を落とすと、亀頭が二枚の肉唇を巻きこみながら埋没した。

「くうッ、は、入っちゃいます」

「はああッ、おっきい」

健司が呻くと同時に、小百合も掠れた声でつぶやき腰をくねらせる。早くも膣襞がザワめき、ペニスをきつく締めつけてきた。

「おううッ、す、すごっ……うううッ」

気を抜くと一気に暴発してしまう。健司は下腹部に力をこめて、必死に射精感をこらえていた。挿れただけで発射するのは恥ずかしい。知り合いの姉だと思うと、なおさら格好悪いところは見せられなかった。

「やっぱり大きいです、健司くんのこれ……はンンっ」

小百合はさらに腰を落として、太幹を根元まで吞みこんだ。

「はううっ、奥まで来てる」

股間がぴったり重なり、二人の陰毛が擦れ合う。膨張した亀頭が、膣道の最深部に到達していた。

「ああっ、怖い、こんなに深く……」

口ではそう言いつつ、小百合は股間を積極的に押しつけてくる。膣口を亀頭で圧迫される感触を楽しんでいた。

「夫はこんなところまで届かないのに……」

そんなつぶやきが健司をますます興奮させる。逸物はさらにひとまわり大きく膨張して、膣道をググッと拡張した。

「ああぁっ、どうして？　なかで動いてます」

「おおッ、また締まってきた」

「お、奥に当たってるから……はンンッ」

女体が大きく仰け反り、女壺全体が激しく波打った。小百合は両手を後ろにまわしてシーツにつき、股間を突き出す格好になっていた。

「あぁッ、もう我慢できない」

小百合が腰を上下に振りはじめる。スピードはゆっくりだが、締めつけが強いので刺激は強烈だ。膣道が太幹に密着しており、奥からどんどん溢れてくる華蜜が常に粘膜を潤していた。

「うおッ、さ、小百合さん」

濡れそぼった陰唇が蠢き、太幹をギリギリ絞りあげる。無数の襞が竿に絡みついて、ねぶるように這いまわっていた。

「くうッ、なかが動いて……ううッ」

「気持ちいいですか？　ああンっ、わたしもです」

彼女が腰を動かすたび、男根が出入りを繰り返す。根元からカリ首まで、媚肉でゆっくりしごかれるのだ。得も言われぬ愉悦が湧きあがり、先走り液がとまらなくなった。

「おうッ……おううッ」

「健司くん、すごい声、他の部屋に聞こえませんか？」

指摘されてはっとする。慌てて唇を閉じるが、声を出してはいけないと思うほどに快感が高まった。

「き、気持ちよすぎて……くううッ」

「あンっ、硬い、ああンっ、大きい」

健司の訴えに呼応して、小百合の腰を振るスピードがアップする。背後に両手をついた大股開きで結合部を晒し、夫以外の肉棒を味わっていた。

「あッ……あッ……ダメ、腰がとまらない」

「い、いい、すごく気持ちいいです」

健司はされるがままに喘がされている。懸命に声を抑えているが、勃起した肉棒をねぶられる快感は膨張する一方だ。両手でシーツを強く摑み、いつしか彼女の動きに合わせて股間を突きあげていた。

「ううッ……ううッ」

「お、奥に、あンッ、奥に当たるの、ああンッ」

小百合が髪を振り乱して喘ぎ出す。腰の振り方が激しくなり、膣道がうねるように蠕動《ぜんどう》して、男根をより深くまで引きこんだ。

「ぬううッ、吸いこまれるっ」

「あうッ、いいっ、あああッ、いいのっ」

人妻とは思えないほどの乱れ方だ。結合部分は愛汁でグショグショになっており、濃厚な牝の匂いも漂っている。果汁が弾ける蜜音と彼女のよがり声が混ざることで、さらに淫らがましい音色となって響き渡った。

「あッ……あぁッ……わ、わたし、もう……」

「俺もです、くううッ、小百合さんっ」

絶頂が近いことを告げると、彼女はぴったり動きをとめてしまう。そして、ペニスを根元まで挿入した状態で身体の向きを変えはじめた。

「な、なにを……」

「ああンっ、最後は顔を見ながら……」

結合部分を中心に半回転して前を向き、騎乗位の体勢へと移行する。視線を交わした状態でフィニッシュを迎えるつもりらしい。健司の胸板に手を置くと、猛烈な勢いでヒップを振り出した。

「あッ、あッ、こ、これ、いいの、ああッ」

「ううッ、また……また来たっ、くううッ」

すぐさま射精感の波が押し寄せる。寸止めを食らわされたことで、余計に我慢できなくなっていた。全身の感度が倍増しており、もう快楽の声を抑えられなかった。

「おおおッ、もう出そうですっ」

「ああッ、いいっ、出して、奥にいっぱい出してっ」

小百合が叫んだ直後、ついに健司は最奥部でペニスを脈動させた。先端から煮えたぎるザーメンを放出して、彼女の奥深くに注ぎこむ。焦らされた分だけ、大量の欲望汁が塊となって吐き出された。

「いひいッ、熱いっ、なかで動いて、あああッ、イクっ、イクううッ！」

絶頂を告げて下腹部を痙攣させる。女壺が思いきり収縮することで、男根が思いきり締めあげられた。

「おおおッ、また出るっ、ぬおおおおおッ！」

第二の爆発が起こり、わずかに残っていた精液まで迸った。頭のなかが真っ白になるが、体は勝手に動いて股間を突きあげていた。

「ひいいッ、すごい、またイクっ、イクイクっ、あひあああああああッ！」

小百合も巻きこまれるようにアクメに達し、全身を激しく仰け反らせる。一拍置いて全身を痙攣させると、健司の胸板にどっと倒れこんだ。

二人は抱き合い、どちらからともなく唇を重ねていく。束の間の快感を共有したことで、特別な感情が芽生えている。だが、それは時間とともに薄れていくものだと知っていた。

明日になれば、小百合は何食わぬ顔で田舎に帰る。そして、健司も彼女を笑顔で見送るに違いない。

少し淋しい気もするが、今夜のことは二人だけの秘密だ。なにかのときに懐かしく思い出しては、相手も忘れていないことをそっと願うのだろう。

第五章　満開のさくら

1

二週間後――。

さくら荘はすっかり落ち着きを取り戻していた。

吾郎は警備員のアルバイトに復帰して、以前と同様、絵を描く毎日を送っている。行方不明になったのが嘘のようだ。美大に行けるかどうかはわからないが、これからもずっと描きつづけるのだろう。

美咲は相変わらず自分磨きに忙しい。これまで週一で通っていたボクササイズを週二にしたことで、めりはりボディがさらに引き締まっていた。でも、まだいい男は見つかっていないようだった。

香澄はここのところ表情が明るくなった気がする。顔を合わせれば向こうから声をかけてくるし、なによりしっかり目を見て話すようになった。なにか心境の変化でもあったのだろうか。

桜子はいつもと変わらない笑顔を振りまいていた。

毎朝、必ず「いってらっしゃい」と手を振ってくれる。もちろん、それは嬉しいのだが、同時に彼女の乱れた姿を思い出してしまう。愛する男の前では別の顔を見せるのだと思うと、どうしようもない淋しさに襲われて胸の奥が苦しくなった。

ともあれ、健司も生活にリズムができて、体はすっかり慣れていた。

アルバイトの仕事を覚えたことで、疲れが軽減されている。大学の講義中も居眠りすることはなくなっていた。とはいっても、やはり遊ぶ時間はないので、さくら荘と大学とバイト先を巡る毎日だった。

この日も健司はアルバイトを終えると銭湯で汗を流し、風呂桶を抱えて夜道をぶらぶら戻っていた。

（さてと、今日の飯はどうするかな）

晩飯のことを考えながら帰るのが日課になっている。

最近はインスタントラーメンに軽く手を加えるようにしていた。炒めたもやしを入れたり、生卵を落としたり、ときには豪勢に肉を追加することもある。最初は面倒だった食事の準備が、いつしか楽しみになっていた。

窮屈な暮らしのなかに、ささやかな喜びを見つけられるようになった。

きっと、みんなこうして生きているのだろう。つらい現実のなかであがきながら、自分の気持ちに折り合いをつけていく。人生とは妥協の連続である。どんなに理想を追い求めても、望みがすべて叶《かな》うわけではなかった。

それでも、桜子への想いだけは変わらない。

だからこそ、彼女の幸せを心から願っている。男がいるとわかった以上、一歩引いたところから見ているしかなかった。

(俺の人生、こんなもんだな)

健司のキャンパスライフは穏やかに過ぎていく。

代わり映えのない地味な日々だが、これはこれで自分らしい。そんなことを思いながら、さくら荘に戻ってきた。

風呂桶を片手に、建て付けの悪い引き戸を開ける。もうコツがわかっているので、さほど音を立てずに開閉できるようになっていた。

「どうしたんだよ？」

いきなり、苛立った調子の男の声が聞こえた。

玄関に入った直後のことだ。恐るおそる廊下を見やると、桜子の部屋のドアが半開きになっており、スーツ姿の男が立っていた。

（あっ！　あいつは……）

忘れもしない、いつか桜子を抱いていた男——孝士だ。

瞬時に淫らな光景が脳裏によみがえる。サディスティックに責められた桜子が、腰をよじってヒイヒイ喘いでいた。二人はすでに何度も交わっており、互いのことを知り尽くしているのがよくわかった。

あれだけのセックスを目の当たりにしたら、自分が入りこむ余地などあるはずがない。完膚無きまでに打ちのめされた気分だった。

「話をするだけだって言ってるだろ」

孝士が彼女の部屋の前でなにやら揉めていた。

（なにやってんだ？）

桜子の部屋は一番奥なので状況がよくわからない。健司は玄関に身を潜めたまま、静かに成り行きを見守った。

男はドアに手をかけているが、部屋のなかから伸びている手がドアノブをしっかり摑んでいる。どうやら、孝士が強引にドアを開けようとして、それを桜子が拒んでいるようだ。

（痴話喧嘩ってやつか……）

なんだか馬鹿らしくなってきた。

痴話喧嘩はカップルだからこそ起きるのであって、恋人のいない健司には縁のないことだ。揉めていようが、桜子と孝士がいっしょにいる現場を目にするのは面白くなかった。

「本当に困るの」

そっと自室に向かおうとしたとき、今度は桜子の声が聞こえてきた。

「とにかく、なかに入れてくれよ」

「ダメよ、帰って」

ボリュームこそ小さいが、いつになくきっぱりした様子だ。ずいぶん深刻な雰囲気で、物音をたてるのが憚《はばか》られる。健司は身動きできなくなり、結局、玄関に身を潜めたまま覗きつづけた。

「どうしてだよ。俺は心を入れ替えたんだ」

「わたしたち、もう終わったの」

「ちょっとだけでいいから。な、頼むよ」

「絶対にダメ。また無理やりするつもりでしょう」

なんとか取り入ろうとする孝士だが、桜子はいっさい聞く耳を持たない。なし崩しになることを恐れている様子だ。

「新しい男ができたのか？　おい、そうなんだな？」

「違うの、そういうことじゃないの」

瀬戸際での攻防がつづいている。聞こえてくる言葉の端々から、いくつかの疑問が浮かびあがってきた。

（……どういうことだ？）

なにか大きな勘違いをしていたのかもしれない。

二人は付き合っていると思いこんでいたが、言動から察するに恋人関係ではないようだ。とはいえ、まったくの他人というわけでもない。いったい、二人の過去になにがあったのだろう。

「いいから入れろって」

孝士が体をドアの隙間に割りこませる。強引に部屋のなかに入るつもりだ。

「ダメっ、お願いだから出ていって」

全力で男を押し返そうとしているのがわかる。力のこもった桜子の声が聞こえてきた。

（おいおい、桜子さん、本気でいやがってるんじゃないか？）

これは単なる痴話喧嘩ではない。もはや不法侵入と言ってもいいだろう。こうなったら、黙って見過ごすことはできなかった。

「ようし……」

健司は風呂桶を小脇に抱えたまま、廊下に足を踏みだした。桜子を助けるためだと思えば、不思議と怖さを感じなかった。

廊下がギシギシ鳴るが、孝士は部屋に入ることに必死で健司の存在に気づかない。だから、あっさり背後に迫ることができた。

「あの、なにかあったんですか？」

できるだけ刺激しないように、やんわり声をかけてみる。ところが、聞こえていなかったのか、男はまだ部屋に入ろうとしていた。

「すぐに帰るって言ってるだろ」

「いや、もういやなの」

桜子の必死な声が引き金になった。健司は男の肩に手をかけると、力まかせに引きずりだした。

「なにやってるんですか！」

「なんだ、おまえ？」

ようやく健司の存在に気づいた孝士は、むっとした様子で視線を向ける。かなりの興奮状態で、刃物のように目つきが鋭くなっていた。

一瞬気圧されるが、ここまで来たら引くことはできない。ドアの隙間に視線を向ければ、桜子が驚いた顔で立っていた。

「窪塚くん？」

「大丈夫です、俺にまかせてください」

口ではそう言ったが、今頃になって恐怖が芽生えている。それでも、彼女の前で格好悪いところは見せられなかった。

「桜子さんがいやがってるじゃないですか」

きっぱり言い切るが、にらまれただけで畏縮してしまう。男と目を合わせることができずに顔をうつむかせた。

「だから、おまえは誰なんだよ」

孝士は怒りを露わにして、ぐっと一歩踏みだしてくる。そして、Tシャツの胸ぐらを摑んできた。

「お、俺は……こ、ここに住んでる者です」

声が情けなく震えてしまう。事なかれ主義で、争いが起きそうな場面は極力避けて生きてきた。後先考えず行動してしまったが、こんな状況に遭遇するのは初めてだった。

「桜子とどういう関係だって聞いてるんだ！」

孝士の怒号が響き渡る。健司は「ひっ」と怯えた声を漏らし、反射的に肩をすくめていた。

「やめて、その人は関係ないの」

桜子が慌てて部屋から飛び出してくる。それを見た瞬間、孝士の顔色が明らかに変わった。

「こいつが新しい男なんだな、クソッ！」

仁王像のような顔で凄まれて動けなくなる。その直後、激しい衝撃を食らって、体が後方に吹き飛んだ。

「ぐはっ！」

気づくと尻餅をついていた。

左の頰が熱を持っている。すぐには状況を理解できない。殴られたのだとわかるまでに数秒を要した。

「窪塚くん！」

桜子がフレアスカートを翻して駆け寄り、かたわらにひざまずく。健司の肩に手をまわして、心配そうに顔を覗きこんできた。

「大丈夫？　ああ、顔が腫れてるわ」

柔らかい手のひらを、そっと頰にあてがってくれる。ほんのりと温かく、それだけで痛みが少し軽くなる気がした。

「だ、大丈夫です」

「ほっぺが熱くなってる、すぐに冷やさないと」

桜子はおろおろしながらつぶやくと、一転して険しい表情になり、立ち尽くしている孝士をきっと見やった。

「いきなり手を出すなんてひどいじゃない。あなたっていつもそう、人の話を全然聞かないんだから」

「なんだと！」

再び怒声が響き渡る。孝士も言われっぱなしではない。拳を握りしめて迫ってくる。ただし怒りは桜子ではなく健司に向いていた。

「やめてっ」

桜子が庇うように健司の頭を抱きしめる。仲裁に入ったのに、助けられるとは情けない。しかし、健司の心は浮かれていた。ちょうど殴られた頬が、乳房の膨らみに密着しているのだ。

「おおっ……」

白いブラウス越しに乳房の柔らかい感触が伝わってくる。今まさに殴られる寸前だというのに、健司は夢見心地になっていた。

「ちょっと、なにやってるの！」

威勢のいい女性の声だった。騒ぎを聞きつけた美咲が、部屋から飛び出してきたのだ。

「あんた、倒れてる相手を殴る気じゃないでしょうね」

リラックスしていたらしく、レモンイエローのショートパンツにライムグリーンのタンクトップというラフな格好だ。男ににらまれても怯むことなく、まっすぐ歩み寄ってきた。

「このアマ、生意気なこと言ってんじゃねえぞっ」

振り向きざま、孝士が拳を振りあげる。

「美咲さん、危ない！」

健司の叫ぶ声とゴツッという鈍い音が重なった。一拍置いて、孝士の体がスローモーションのように崩れ落ちた。

「女に手をあげるなんて、男の風上にも置けないわね」

美咲は右の拳を突き出したまま、フッと笑った。

孝士の大振りなフックが当たるより先に、美咲の右ストレートが顎を打ち抜いたのだ。孝士は腰が抜けたようにへたりこんでいる。見事なまでのカウンターを決められて、すっかり戦意喪失していた。

「こんなところでボクササイズが役に立つと思わなかったわ」

美咲が軽快にシャドーボクシングをはじめる。シュッ、シュッと息を吐きながら繰り出すパンチが、空気を鋭く切り裂いた。

2

四人は桜子の部屋にいた。

孝士がしゅんとした顔で正座をしており、正面には桜子が正座をしている。その両脇には健司と美咲が座っていた。

田辺《たなべ》孝士、三十五歳。商社に勤務するサラリーマンだという。真面目に社会生活を送っている彼が、なぜ正気を失うほど激昂《げきこう》してしまったのだろう。健司はわけがわからないまま、事の成り行きを見守っていた。

「お騒がせして、申し訳ございませんでした」

孝士が額を畳に擦りつける。ノックアウトされたことで大人しくなり、冷静さを取り戻していた。

「で、あんたはどうしたいわけ?」

美咲が苛立った様子で孝士に言葉を投げかける。腕組みをしているので、タンクトップに包まれた乳房が柔らかくひしゃげていた。

「やっぱり……桜子とやり直したいです」

消え入りそうな声だが、孝士がはっきり意思表示する。それを聞いた美咲は溜め息を漏らし、桜子は瞳に涙をいっぱい湛《たた》えて黙りこんだ。

「桜子さんはどうなの？」

「わたしは……」

意を決したように桜子が口を開く。悲しみと怒りが入り混じった複雑な表情が浮かんでいた。

「もう終わったことだと思っています」

男の顔を見つめて、きっぱり言い切った。桜子の意志の強さが伝わり、その場の空気が張り詰めた。

（どういうことだ？）

健司だけが、この状況を理解していなかった。

桜子と孝士の関係が今ひとつわからない。なにも知らないので、まったく話についていけなかった。

「あの……お二人はどういったご関係なんですか？」

殴られた頰を擦《さす》りながら、おずおずと尋ねてみる。話の腰を折るようで申し訳ないが、桜子のことはすべて知っておきたかった。

「……別れた夫なの」

一瞬迷った素振りを見せた後、桜子が教えてくれた。

「ええっ！」

思わず大きな声を出してしまう。

バツイチだとは聞いていたが、まさか孝士がかつて結婚していた男だとは思いもしなかった。つまり彼女は元旦那に抱かれていたことになる。だから、孝士は性感帯を知り尽くしていたのだ。

「そんな……美咲さんは知ってたんですか？」

つい責めるような口調になってしまう。以前、桜子の部屋にたびたび男が訪ねてくることを教えてくれたのだ。

「最初は知らなかったの。あれって思ったのは最近ね」

言い争う声が聞こえるようになり、もしかしたらと思うようになった。そして、先ほどの一連の出来事で確信したという。

「わたしも、桜子さんが昔の男に付きまとわれていたなんて驚きよ」

美咲が呆れたようにつぶやき、うつむいている孝士を見やった。

もう反論する気力もないらしい。孝士は正座の姿勢で自分の膝を強く握り、微動だにしなかった。

「本当にごめんなさい。二人にはちゃんとお話ししないといけないわね」

桜子があらたまった様子で話しはじめた。

さくら荘の管理人になる前は商社に務めており、丸の内のオフィスでバリバリ働くキャリアレディだったという。

孝士は同僚で仕事のできる男だった。

社内ではライバル関係だったが互いを認めており、いつしか恋に落ちて結婚した。その後も桜子は家庭に収まることなく仕事をつづけた。これまでのいい関係を維持するのが夫の望みでもあった。

そんなある日、不慮の事故で両親を一度に亡くした。悲しみも癒えぬまま、さくら荘をどうするかという問題が持ちあがった。ずっと先のことだと思っていたのに、急にさくら荘を相続することになったのだ。

祖母の代からつづいてきた下宿を守りたいという気持ちが、ごく自然に芽生えたのは自分でも意外だった。でも、考えてみれば、さくら荘はいつでも近くにあったのだ。さくら荘がなくなるなど考えられなかった。

「わたしの名前は、さくら荘からつけられたものなの。祖父母も、父と母も、桜が大好きだったの」

あれだけ情熱を注いでいた仕事を捨てることに、なんの躊躇もなかった。もちろん、夫には真っ先に相談した。ところが、仕事一筋の孝士には理解できなかったらしい。

――いっときの感情に流されるな。あんなボロ下宿はもういいだろ。

さくら荘の大家になりたい、という桜子の言葉は一蹴された。

夫に反感を覚えた瞬間だった。桜子はひとり思い悩んだ末、仕事を辞めてさくら荘を継ぐことを決意した。

孝士はそんな桜子のことが理解できず、離婚を切り出したという。彼が惚れたのは、男勝りに仕事をするキャリアレディの桜子だった。

「もう三年も前のことです」

すでに過去の出来事なのだろう、彼女の口調はさばさばしていた。

ところが、孝士は桜子と別れたことを後悔していたらしい。今年に入り、さくら荘にふらりと現れ、復縁を迫ってきたという。

「あれから何人かと付き合ったのですが、どうもしっくり来なくて」

孝士が苦しげにつぶやいた。桜子を超える女性に巡り会えず、思いあまってさくら荘に足を運んだという。

「それで、無理やり桜子さんを抱いたってわけ？」

美咲の声が尖っている。怒りが滲んでおり、今にも噛みつきそうな雰囲気があった。

「ずいぶん虫のいい話ね」

「でも、どうしてもやり直し――」

「ちょっと！」

孝士の声を掻き消すと、美咲はぐっと身を乗りだした。

「あんたにそんなことを言う権利はないわ。女をなんだと思ってるの」

同性として身勝手な男が許せないのだろう。怒りがどんどん増幅していくのが、手に取るようにわかった。

「桜子さん」

美咲は答えを求めて隣に視線を向けた。

「復縁するつもりはありません」

桜子の言葉に、まるで未練は感じられなかった。

これまで強引に抱かれてきたが、愛情があるわけではない。熟れた身体をまさぐられて、快楽に流されてきただけだ。反応がよかったことで、孝士を勘違いさせてしまったのだろう。

「うっ……うぅっ」

元妻に突き放されて、孝士は嗚咽を漏らしはじめた。

悲しげに呻く声が痛々しいが、慰めの言葉をかけるつもりはない。桜子を苦しめたのだから当然の報いだ。とはいえ、涙を流している姿を見ていると、少し可哀相な気もしてきた。

「泣いたって仕方ないでしょ」

見かねたのか、美咲が呆れたように声をかける。すると、孝士の嗚咽はますます大きくなってしまう。

「うっううっ、お、俺……これから、どうしたらいいのか……」

「まったく、だらしないわね。男らしく諦めなさい」

意外なことに、美咲の声はやさしかった。

――これまで付き合ってきたのは、ろくでもない男ばっかり。あ～あ、どっかにいい男いないかなぁ。

いつか彼女が言っていた言葉を思い出す。

過去に交際したのは、駄目な男ばかりだという。きっと彼女が突き放せない性格だから、つい手を差し伸べてしまうのだろう。いい男を求めて自分磨きをしているが、結局は真逆のタイプに惹かれてしまうのだ。

「いつまでも過去にしがみついてないで、新しい恋を探すのよ！」

美咲が発破をかけても、孝士はぐずぐず泣いている。見ているほうが苛《いら》ついてくるが、美咲は根気強く語りかけていた。

「女なんて星の数ほどいるんだから。ほら、そんな暗い顔してると幸せが逃げていくよ」

「そう……ですね」

孝士は涙を手の甲で拭うと、無理に笑おうとする。それを見た美咲は、満足げに大きく頷いた。

「よし、飲みに行こう。あんたのおごりで」

三十五歳の男が、二十六歳のＯＬに慰められている。なんとも滑稽だが、案外二人は気が合うのかもしれない。孝士はうながされるまま立ちあがり、桜子と健司に向かって深々と腰を折った。

「じゃあ、行ってくるから」

美咲はなぜかご機嫌な様子で手を振って、健司に向かってウインクする。そして、孝士の腕を取り、弾むような足取りで出かけていった。

(物好きというか……まあ、ほんとにやさしい人なんだな)

感心しながら見送ると、桜子がほっと息を吐きだして肩から力を抜いた。チラリと見やれば、横顔には安堵の表情が浮かんでいた。

3

「お顔を見せてくれる?」

二人きりになると、桜子が顔を覗きこんできた。

先ほど殴られた頬をチェックしている。少し腫れぼったい気はするが、もう痛みはほとんど引いていた。

「まだ赤いわ。触ってもいいかしら?」

「は、はい、でも、もう——あっ」

彼女の手のひらが、頬にそっと重ねられる。柔らかくて温かくて、心にじんわり染み渡るような感触だ。

「やっぱり熱い、ちょっと冷やしましょう」

きっと責任を感じているのだろう、桜子はきつく絞った濡れタオルを持ってくると、やさしく頬に押し当ててくれた。

「ああ、気持ちいいです」

照れ隠しもあって、おおげさにつぶやいてみせる。ところが、桜子は神妙な顔つきで、健司の目を見つめていた。

「窪塚くん、本当にありがとう。それに、こんな怪我までさせてしまって、ごめんなさい」

「そんな、俺はなにも……美咲さんがいてくれて助かりました」

格好悪いところを見られたという意識しかない。仲裁に入ろうとして殴り飛ばされたのだ。男として、これほど情けないことはなかった。

「じゃ、俺も、そろそろ――」

腰を浮かしかけると、彼女が腕にすっと触れてきた。

「助けに来てくれて嬉しかった。わたし、嫌われたと思ってたから……」

桜子がじっと見つめてくる。

以前、おかずをお裾分けしてもらったとき、遠まわしに好意を告げたがやんわり拒まれた。それ以来、こちらからは積極的に話しかけなくなった。そのせいで、避けられていると感じたらしい。

「窪塚くんの純粋な気持ちが眩しくて、受けとめられなかったの……だって、わたしダメな女だから」

あの日も、桜子は自分のことを「ダメな女」と言っていた。

もう愛していない男に抱かれて感じる彼女は、確かに「ダメな女」かもしれない。でも、そんなところも引っくるめて、なおのこと愛しく感じていた。完璧な人間など、この世にはいないのだから……。

「俺も、すごくダメな奴なんです」

健司も思いきって切り出した。これまで誰にも話したことはないが、桜子だけには本当の自分を知ってもらいたかった。

「出来のいい弟がいるんです。腹違いなんですけど」

実の母は幼い頃に病気で亡くなっている。父は親戚の勧めで再婚して、五つ年下の弟、悟《さとる》が生まれた。

悟は「神童」と呼ばれるほど頭がよかった。田舎町でなにかと話題になり、両親が喜ぶ顔を見るたび嫉妬した。出来のいい弟と比べられるのが苦痛でならなかった。

そんなとき、修学旅行で訪れた東京に魅せられた。なにもかもがキラキラ輝いて見えた。いつか、俺もあの大都会で暮らしたいと夢を膨らませた。

高校二年の夏、東京の大学に進学したいと父に告げて大喧嘩になった。

――やりたいこともないクセに、東京に行ってなにができる！

父の言葉は今でもはっきり覚えている。図星なだけに耳が痛かった。本当は自分でもわかっていた。ただ単に弟から逃げだしたいだけだった。

ふて腐れて勉強を放棄した。家業のネジ工場は弟が継げばいいと思った。なにもかもが嫌になった。

「ようするに、ガキだったんです、俺……」

健司は自虐的につぶやいた。

大学受験に失敗して浪人生活に入ったが、それでもやる気は出なかった。見かねた継母が父を説得してくれたおかげで、東京行きが認められた。ようやく勉強に身が入り、二浪でなんとか大学に合格した。

「ダメな奴です、俺って……」

親に迷惑をかけた自覚はある。だから、せめて生活費くらいは自分で稼ごうと思い、仕送りを断ったのだ。

「窪塚くんはダメじゃないわ」

桜子が腕を強く握ってくる。身体をぴったり密着させて、至近距離から見つめてきた。

「俺なんて……」

「ううん、いい人よ。だって、吾郎くんがいなくなったとき、必死に捜してくれたじゃない」

「あれくらい、誰だって……」

健司は途中で言葉を呑みこんだ。彼女の瞳に涙が浮かんでいるのに気づき、胸が急激に熱くなった。

「俺、自分のことはよくわかりません」

これまで強い信念を持って生きてきたわけではない。これから先もどうなるのか、正直わからなかった。

「でも……そんな俺でも……」

いったん言葉を切ると呼吸を整えた。

言うなら今しかない。まだ彼女にきちんと想いを伝えていなかった。弟から、親から、実家から逃げつづけてきた人生だった。でも、今度は逃げたくなかった。

「ひとつだけはっきり言えることがあります」

真正面から思いきりぶつかることで、自分の気持ちにけじめをつけたい。これで振られたら、きっぱり諦めるつもりだった。

「桜子さん……あ、あなたのことが……」

感情が昂りすぎて、ふいに涙が溢れそうになる。奥歯を食い縛って、なんとかこらえた。

「す、好きです！」

シンプルな言葉に想いをこめた。少し声が震えてしまったが、気持ちは伝わっただろう。

「く……窪塚くん」

桜子も声を震わせると、双眸から大粒の涙を溢れさせた。

「え？　ちょ、ちょっと……」

うろたえる健司だが、彼女は腕を摑んだまま離さない。真珠のような涙は、頬をポロポロ転がり落ちていた。

「窪塚くんに勇気をもらったの……」

「お、俺に？」

「吾郎くんを見つけてくれたとき、わたしだったら怖くてひとりで公園に行けなかったわ」

あのときは必死だった。みんなの気持ちも同じだったと思う。ただ吾郎を助けたかった。だから、健司はひとりで向かうことができたのだ。

「窪塚くんが勇気をくれたから、あの人にきっぱり言うことができたのよ」

これまで流されてきたのに、先ほど孝士を拒絶できたのは、健司の姿を見たからだという。

「わたしも強くならなくちゃって思ったの。それに、自分の気持ちに正直に生きたいって……」

桜子は気持ちを整えるように、睫毛を伏せて小さく息を吐きだした。

「わたしも……窪塚くんのことが好きです」

思わず耳を疑った。桜子の唇から、予想だにしなかった言葉が紡がれたのだ。

「ま、まさか、そんなはず……ええ？　本当ですか？」

状況が理解できない。きっぱりフラれると思いこんでいたのだ。想定外の事態に対処できず、頭のなかが混乱していた。

「出会ったころから、やさしい子だなと思っていたけど、気づいたら窪塚くんのことばかり考えるようになってたの……」

桜子が静かに語りはじめる。健司は口をぽかんと開けて聞いていた。

「ひとまわりも年が離れてて、しかもバツイチのわたしが、こんな気持ち絶対に言えないと思ってた。でも、窪塚くんが勇気をくれたのよ」

穏やかな口調で話しながらも、彼女の双眸からは涙が流れつづけている。健司は相づちすら打てず、ただ黙って聞いていた。

「窪塚くんこそ、本当に……本当にわたしでいいの？」

桜子が念を押すように尋ねてくる。健司の頭のなかは真っ白だ。もはやなにも考えられない。雲の上を漂っているようにフワフワして、現実味がなくなっていた。夢なら醒めないでくれと懸命に願った。

「は……は……はい」

とにかく気力を振り絞り、こっくり頷いた。

「健司くん……」

初めて名前で呼ばれた直後、唇に柔らかいものが触れてくる。彼女が口づけしてきたのだ。

そっと重なっただけで、全身に衝撃が走り抜けた。信じられないことに、桜子とキスしているのだ。ところが、それだけでは終わらず、彼女は舌を伸ばして口内に忍ばせてきた。

「ンっ……はふぅっ」

甘い吐息を吹きこまれて、頭の芯までジーンと痺れてしまう。相変わらず現実感はないが、もう夢でも幻でも構わない。今だけは、愛する人と二人きりの世界に溺れたかった。

「桜子さん……うんんっ」

健司も積極的に舌を伸ばし、彼女の唇を割っていく。口内に差し入れて粘膜をヌメヌメと舐めまわす。互いに舌を絡ませて、唾液をたっぷり交換した。両手を背中にまわして抱き寄せれば、彼女も健司の首に腕をまわしてくる。

(俺、桜子さんとキスしてるんだ)

甘い唾液を味わうほどに、口づけを交わしている実感が満ちていく。無我夢中で桜子の口内をしゃぶり、とろみのある唾液を啜りあげた。

「あふっ……むふンっ」

　鼻にかかった声を漏らしながら、彼女も健司の口を吸ってくる。下唇を甘噛みしたかと思えば、歯茎や頬の内側まで情熱的に舐めまわし、火照った身体をますます寄せてきた。

（ああ、最高だ、最高だよ）

　キスがこんなにいいとは知らなかった。桜子となら、何時間でもこうしていられる。きっと彼女も同じ気持ちだろう。吐息を漏らしながら、ぬめる舌を動かしつづけていた。

　二人は抱き合ったまま、畳の上に倒れこんだ。それでも唇を離すことなく、粘膜を一体化させる勢いで舌を絡ませていた。

「はあンっ、健司くん」

　桜子が唇を離して囁いてくる。瞳はしっとり濡れており、なにやら物欲しそうな光を放っていた。

　なんていいやらしい顔なのだろう。普段は清楚な管理人の彼女が、目の下を赤く染めあげている。半開きになった唇は艶々とヌメ光り、絶えず甘い吐息が漏れていた。

「お、俺、もうっ」

再び女体を強く抱きしめる。フレアスカートに包まれたヒップに手をまわし、たっぷりした丸みを撫でまわした。

「あっ、待って……」

「もう待てません、どうしても桜子さんが欲しいんです！」

熱い想いをぶつけていく。彼女を自分だけのものにしたい。繋がることで、この愛を伝えたい。そして同時に彼女の気持ちを確認したい。二人が愛し合っている実感がほしかった。

「わたしも……健司くんが欲しい」

桜子は掠れた声でつぶやいた。

「でもね、その前にお願いがあるの……」

なにやら、もじもじしている。桜子は言いにくそうにしながら、それでも意を決したように唇を開いた。

「強引に健司くんのものにされたいの」

彼女の望んでいることがわからず首をかしげる。すると、桜子はかたわらに落ちていたタオルを拾いあげた。先ほどまで、殴られた頬を冷やしていた濡れタオルだ。

「これで、動けなくするとか……」

「……え?」

思わず声をあげると、桜子は慌てたように首を左右に振りたくった。

「ウ、ウソ、冗談です、忘れて」

視線を逸らして、両手でタオルをギュッと握りしめる。冗談を言った顔には見えなかった。

ふと、孝士に抱かれていた桜子の姿を思い出す。サディスティックに貫かれながらも、彼女は驚くほど乱れていた。強引に迫られることで感じるタイプなのは間違いなかった。

「桜子さん……」

自分の性癖を伝えるのは勇気がいることだろう。なにより、秘密を明かしてくれたことが嬉しかった。

「淫らな桜子さんも素敵です。俺にまかせてください」

彼女が望むことなら、なんでも叶えてあげたい。そうすることで、自分も最高の悦びを得られるはずだ。

仰向けになった彼女の手を取った。身体の前で手首を交差させて、タオルでしっかり縛りあげる。両腕の自由を奪うと、それだけで桜子は「ああっ」と喘ぎ声にも似た溜め息を溢れさせた。

「そんな……ダメです」

弱々しい声でつぶやくが、瞳はさらに潤んでいる。桜子は自ら縛られた両手を頭上にあげて、誘うような表情で見あげてきた。

縛られたことで昂っている。強引に奪われる場面を妄想しているらしい、畳の上で女体を艶めかしくくねらせた。

(やっぱり、こういうのが好きなんだな)

彼女の興奮が伝わってくるから、健司の鼻息も荒くなる。遠慮することなくブラウスのボタンに指をかけて、上から順に外していく。そっと前を左右に開くと、純白レースのブラジャーが露わになった。

「おおっ!」

白い乳房の谷間が眩しくて、ごくりと唾を飲みこんだ。

さっそく背中に手を滑りこませると、指先でホックを探った。彼女も背中を少し浮かして協力してくれる。ホックを外してブラジャーをずらすと、ふんわりとした乳房が溢れ出た。

「これが、桜子さんの……」

すかさず両手をあてがい、掬いあげるように揉みしだく。指は軽く触れただけなのに、ほとんど抵抗なく柔肉のなかに沈みこんだ。

「あンっ、やめて」

もちろん本気で嫌がっているわけではない。双乳を揉まれるたびに、腰を右に左によじらせる。手を縛られて女体を嬲られることで、さらに性感を高めているのは間違いなかった。

「すごく柔らかいですよ、桜子さんのおっぱい」

好き放題に捏ねまわし、先端で揺れる桜色の乳首に吸いついた。

「あっ、そこは……はああンっ」

舌を這わせてやれば、抗いの声は甘い響きに変わっていく。軽く刺激を与えただけで、乳首は瞬く間に尖り勃った。

「なんか、ぷっくりしてきましたよ」

「ウ、ウソです、そんな……」

「ほら、こんなに硬くして、いやらしいですね」

桜子が悦びそうなセリフを囁き、乳房をゆったり揉みあげる。さらに舌先で円を描くように乳輪をなぞり、唾液をたっぷり塗りつけた。

「ンンっ、い、いや……」

彼女の声は震えている。眉を八の字に歪めて、腰をもじもじ揺らしていた。どうやら焦れてきたらしい。頃合いを見計らって、硬くなった乳首を舌先で弾いてやる。途端に女体がピクッと敏感に反応した。

「ああンっ、ダメぇっ、意地悪しないで」

口ではそう言いながら、まったく抵抗しない。苛《いじ》められるほどに、彼女の全身から甘ったるいフェロモンが発散されていた。

(桜子さんとこんなことができるなんて……)

健司は陶然となりながら、桜子の夢にまで見た乳首をしゃぶりまくった。

さらにフレアスカートに手を伸ばして、ゆっくり引きおろしにかかる。ストッキングは穿いておらず、いきなり純白のパンティが見えてきた。ブラジャーとセットの、レースがあしらわれたデザインだ。

スカートをつま先から抜き取り、あらためて女体を見おろした。

足首は細く締まっており、ツルリとしたふくらはぎに向かって滑らかなラインを描いている。肉づきのいい太腿は、股間をガードするようにぴったり閉じられていた。

パンティの恥丘を覆っている部分が、こんもり盛りあがっている。あの下には漆黒の秘毛が生い茂っているはずだ。

「見るだけなんて……いや」

ねちっこい視線に耐えかねて、桜子が駄々を捏ねるようにつぶやいた。

見られるだけでは物足りないらしい。乳首をビンビンに尖らせて、くびれた腰をよじりたてた。

「じゃ、じゃあ、失礼して」

最後の一枚、パンティのウエストに指をかける。さすがに緊張感が高まるが、それ以上に期待感が膨れあがっていた。

レースの薄布をじりじり引きおろしていく。恥丘が見えてくると同時に、縮れ毛がふわっと溢れ出す。猫毛のように細くてしなやかで、指先で触れるとサラサラして心地いい。そのままパンティをずらして、美脚の上を滑らせながら抜き取った。

「い、いや……」

自分でうながしておきながら、いざ全裸になると恥じらってみせる。それでも両腕はしっかり頭上にあげたままだった。

「すごく……眩しいです」

思わず瞬きするのも忘れて女体に見入っていた。

惚れ惚れするほどの熟れたボディだ。腰がくびれているため、乳房と尻の大きさが強調されている。肌が白いうえに染みがひとつもなく、まるで陶磁器のように艶やかだ。

「とっても素敵です……ああ、信じられない」

「いやです、見ないで」

桜子は恥ずかしげに太腿を擦り合わせている。下唇を小さく噛んで、恨めしげな瞳で見あげていた。

「俺だけのものにしたい……桜子さんを俺だけのものに……」

健司は彼女の膝に手をかけると、強引に割り開きにかかる。そして、脚の間に入りこみ、M字形にぐっと押し開いた。

「ああっ、こんな格好、いやぁっ」

桜子の悲痛な声とともに、薄ピンクの陰唇が露わになる。すでに透明な華蜜にまみれてヌメ光り、牡を誘う発情した牝《めす》の香りを撒き散らしていた。

「ぐっしょり濡れてますよ」

「ウ、ウソ、そんなのウソです」

「ウソなんか言いませんよ、それに、すごくいやらしい匂いがしてます」

大切な場所がどんな状態か説明して、割れ目に顔を近づける。直後にフーッと息を吹きかけてやれば、彼女は内腿に筋が浮かぶほど全身を力ませた。

「はンッ、い、いやっ」

「いやとか言っても、汁がどんどん溢れてるじゃないですか」

艶めかしい牝の香りに吸い寄せられて、魅惑の割れ目にむしゃぶりつく。途端に愛蜜の弾けるニチュッという音が響き渡り、陰唇の蕩けそうなほど柔らかい感触がひろがった。

「ひあッ、そんな口でなんて、あああッ!」

「ううんっ、これが桜子さんの……うむううっ」

女性器を口で愛撫するのは初めてだ。本能的に唇を押し当てて、無我夢中で舌を伸ばしていた。

「ひあッ、ダ、ダメっ、ダメぇっ!」

女体がビクンッ、ビクンッと反応する。それでも、桜子は両手はしっかりあげたままで抵抗しない。いきなりクンニリングスをしかけたのに、彼女はすべてを受け入れていた。

（桜子さんのアソコにキスできるなんて……）

柔らかい陰唇を舐めまわし、花びらを一枚ずつ口に含んで吸いまくる。さらには膣口に尖らせた舌を差し入れて、ゆっくり抜き差しを繰り返した。

「うむっ……うむっ」

「あッ、ダ、ダメ、なかは……ああッ」

愛蜜の分泌量が増えて、口内にどんどん流れこんでくる。躊躇せずに飲みくだし、膣粘膜に舌先を這わせていった。

「桜子さんのここ、すごく甘くて美味《おい》しいです」

甘露のような愛汁で喉を潤すほどに興奮が膨れあがる。唇をぴったり肉唇に密着させて、舌を深く深く押しこんだ。

「ああッ、そんな……はああッ」

膣口に挿入した舌をピストンさせては、愛汁をしゃぶりまくる。陰唇はさらに柔らかくなり、濡れそぼった襞が意志を持った生物のように蠢いた。

「も、もうダメです、あああッ」

よほど感じるのか、女体をくなくなとよじりたてる。剝きだしの乳房がプリンのように弾み、乳首はいっそう尖り勃った。

「まだまだ、こんなもんじゃないですよ」

もはや頭に血が昇っている。女体が反応するほどに、健司はさらなる愛撫を加えていく。これでもかと快楽を与えることで、身も心も支配したい。完全に屈服させて、自分の色に染めあげてしまいたかった。

「もっと気持ちよくなっていいんですよ」

陰唇をしゃぶりながら、くぐもった声で語りかける。舌を深くまで埋めこんだまま、膣口を思いきり吸引した。

「はううッ、も、もう、あああッ、もう許して、はぁあああああッ！」

突然、女体がググッと反り返って小刻みに痙攣する。クンニリングスで軽い絶頂に達して、悲鳴にも似たよがり声が響き渡った。

だが、これくらいでやめるはずがない。膣口から舌を引き抜くと、今度は割れ目の端にある肉の突起――クリトリスに唇をかぶせていった。

「ああッ、そ、そこは……はううッ」

絶頂直後で過敏になっているのだろう。肉芽に愛蜜と唾液を塗りたくっただけで、再び女体に痙攣がひろがった。

「あうッ、ダメっ、あううッ」

「ここが感じるんですね……うむううっ」

それでも構うことなく長々と吸いたてる。やがて女体が硬直したかと思うと、ぶるるっと凍えたような震えが走った。

「ああぁッ、ま、また、あああああぁッ！」

あっという間に二度目のアクメに昇り詰める。先ほどよりも大きく背中を反らし、内腿で健司の頰を強く挟みこんできた。

「ううッ、うううッ」

愛蜜が次から次へと口内に流れこんでくる。健司は喉を鳴らしてすべてを嚥下すると、いったん立ちあがって服を脱ぎはじめた。

「俺、もう我慢できません！」

ボクサーブリーフを一気におろす。かつてないほど屹立したペニスが、四方八方に我慢汁を振りまきながら飛び出した。

「ああっ、すごい……」

桜子が溜め息を漏らして身を起こす。畳の上に正座をすると、青筋を浮かべた逸物に魅せられたように股間に顔を寄せてきた。

「健司くんってやさしいのに、ここは男らしいのね」

臍《へそ》のあたりに縛られた両手を置き、硬直した肉棒を見つめてくる。亀頭に熱い吐息が吹きかかり、ゾクゾクするような快感がひろがった。

「ううっ、ちょ、ちょっと……」

戸惑って健司が呻いた直後、いきなり先端をぱっくり咥えこまれた。

「はむンンっ」

「うおッ、ま、待って、くうううッ！」

不意打ちのフェラチオだ。桜子の柔らかい唇が、カリ首をやさしく締めつけている。カウパー汁にまみれた亀頭に躊躇なく舌を這わせて、凄まじい快楽を送りこんできた。

「き、気持ち……うむッ」

健司は全裸で立ち尽くした状態で、桜子にペニスをしゃぶられている。しかも、彼女の両手は縛られているのだ。女性を屈服させた気になり、異様なまでの高揚感に包まれた。

「ンふっ……はむンンっ」

彼女の鼻にかかった声も、聴覚から性感を煽りたてる。健司はフェラチオを中断させると、手首を拘束しているタオルを掴み、グイッと上に引きあげた。

「あンっ」

「咥えてください。もう口を離したらダメですよ」

これで彼女は正座したまま、両手を真っ直ぐ伸ばして掲げる格好になる。まるで奴隷のようにひざまずき、ペニスを口で奉仕しているのだ。征服感が満たされて、快感が一気に倍増した。

「なんていやらしいんだ、もっと……もっと深くしゃぶってください」

恐るおそる命じると、桜子は肉棒を根元まで咥えこんでくれる。舌を使って唾液を塗りたくり、ゆったり首を振りはじめた。

「あふっ……はむっ……あむンっ」

「おっ、おおっ……こ、これは気持ちいい」

己の股間を見おろせば、桜子がペニスを頬張っているのだ。唇から出入りする太幹は、唾液で淫らがましく濡れ光っていた。ぬぷぬぷ滑る感触がたまらず、先走り液がとまらなくなった。

「くううッ、ちょっ、も、もうっ」

「ンンっ……ンンっ……あンンっ」

桜子の首を振るスピードが速くなる。健司が感じているとわかり、追いこみにかかっていた。

「うぐッ、ス、ストップ！」

これ以上されたら暴発してしまう。健司は慌てて腰を引き、ペニスを彼女の唇から引き抜いた。

「あンっ……どうして？」

迸る牡の欲望を、口内で受けとめるつもりだったのかもしれない。桜子が不満げな瞳で見あげてくる。そして、正座をしたままの姿勢で、焦れたように腰をもじつかせた。

「ねえ、健司くん」

「俺……俺っ！」

もう一秒たりとも我慢できない。桜子を畳の上に押し倒し、すかさずうつ伏せに転がした。くびれた腰を摑んで力まかせに持ちあげる。これで彼女は両膝をつき、むっちりしたヒップを高く掲げた格好だ。

「や……なにするの？」

手を拘束されているので、動きが制限されている。なんとか肘をついて上半身を支えると、怯《おび》えの滲んだ瞳で振り返った。

「決まってるじゃないですか！」

尻たぶに両手をあてがい割り開く。愛蜜にまみれた陰唇が見えると、いよいよブレーキが利かなくなる。腰をしっかり掴んで、屹立したペニスの先端を密着させた。

「あンっ……まさか、後ろから？」

「こういうの、してみたかったんです」

華蜜を亀頭にまぶして押しつける。軽く体重をかけただけで、ヌプッという感触とともにペニスが嵌りこんだ。

「あああッ、ダメぇっ」

桜子が嬌声をあげて畳に爪を立てる。口では抗いながら、濡れそぼった肉唇はいとも簡単に男根を受け入れた。

「やった、やったぞ……桜子さんとひとつになったんだ」

ついに桜子と繋がったのだ。まだ亀頭が入っただけだというのに、愉悦の嵐が下半身にひろがっている。濡れ襞が亀頭を包みこみ、得も言われぬ快感の波が押し寄せてきた。

「ううッ、す、すごい」

いったん動きをとめて、射精感をやり過ごそうとする。ところが、濡れた膣襞が蠢き、亀頭の表面を撫でまわしてきた。

「くううッ、こ、これは……」

懸命に尻の穴に力をこめて耐え忍ぶ。先端しか挿れていないのに、暴発するわけにはいかない。愛する人とひとつになったのだ。たっぷり時間をかけて楽しみたかった。

そんな健司の思惑に気づいているのかいないのか。桜子は男根を迎え入れるように、自らヒップを押しつけてきた。

「ああンっ、いやっ、入っちゃう」

赤く染まった顔で振り返り、まるで犯されているような声を漏らす。それでいながら嬉しそうに尻たぶをブルブル震わせて、すりこぎのように硬直した肉柱を呑みこんでいく。

「ちょ、ちょっと、動かないで、くむむッ」

凄まじい快感に襲われて、健司は全身を力ませた。気を抜いた瞬間に射精してしまう。膣襞で男根がねぶられる快感に呻きながら、彼女の柔らかい尻たぶに両手の指を食いこませた。

「ああッ、奥まで来てる……健司くんが奥まで」

桜子が掠れた声で囁き、ピストンをねだるように腰をよじらせる。結合部を見おろせば、薄ピンクの恥裂に剛根が深々と突き刺さっていた。

「うっ……うおおっ、桜子さんっ」

興奮が突き抜けて、なにも考えられなくなる。細い腰を鷲掴みにすると、力強く股間をぶつけていった。

「あううッ、ふ、深いっ」

女体が仰け反り、桜子の唇から歓喜の喘ぎが迸る。その声が呼び水となり、健司は後先考えずにピストンを繰り出した。

「おおッ、気持ちいいっ、おおおッ」

「あッ、あッ、ダメっ、わたしも気持ちいいのっ」

股間をぶつける勢いで腰を振る。肉柱が高速で出入りして、彼女の豊満なヒップが、パンッ、パパンッと小気味いい音を響かせた。

一往復ごとに快感が膨れあがり、全身が燃えあがったように熱くなる。くねる彼女の身体も火照っていた。毛穴という毛穴から汗が噴きだし、二人は身も心もドロドロになりながら腰を振り合った。

「おうッ、おううッ」

「あッ、ああッ、いいっ、すごくいいっ」

桜子がいい声で啼《な》いてくれるから、ますますピストンに熱が入る。全力で突きこみ、亀頭の先端で子宮口を叩きまくった。

「ひいッ、そ、そこっ、ああッ、ああッ」

どうやら奥が感じるらしい。突けば突くほど彼女の身体が反り返る。絶頂が近づいているのは明らかだ。このまま一気に追いあげたいところだが、いったんこらえてペニスを引き抜いた。

「ああン……」

桜子の唇から落胆の声が漏れる。だが、健司は構うことなく、女体を仰向けに転がした。

「最後はやっぱり……」

顔を見ながらフィニッシュを迎えたい。脚の間に腰を割りこませると、正常位でひと息に貫いた。

「あふううッ！　そ、そんな、いきなり……」

乳房を大きく揺らして喘ぎまくる。さっそく肉胴を締めつけて、たまらないとばかりに腰を右に左にくねらせた。

「し、締まるっ、ぬうううッ」

膣道が収縮することで、悦楽の波が次から次へと押し寄せる。健司は懸命に耐えながら、最初から全開で腰を振りはじめた。

「おおッ、おおおおッ！」

「は、激しいっ、あああッ」

甲高い喘ぎ声が迸る。桜子に限界が近づいているのは明らかだ。彼女は縛られた両腕を伸ばして、健司の首にかけてきた。さらには両脚を健司の腰に絡めてくると、背後で足首をしっかりフックさせた。

「あううッ、すごく奥まで」

「桜子さんっ、おおおッ、桜子さんっ」

健司も彼女の背中に手をまわし、名前を何度も呼びながら、腰を思いきり叩きつける。ペニスで彼女のなかを掻きまわし、さらに奥まで進むつもりでピストンした。

「いいっ、いいっ、あああぁッ」

「おおおッ、うおおおおッ」

もう意味のある言葉を発する余裕はない。ただ獣のように呻いて、ひたすら情熱的に男根を抜き差しした。

「くおおおおッ、で、出るっ」

「はああッ、出して、わたしのなかに、いっぱい出してぇっ」

桜子が耳たぶを甘嚙みしながら囁いた瞬間、ついに快楽の嵐が吹き荒れる。最奥部まで埋めこんだペニスが跳ねあがり、沸騰したザーメンが打ちあげ花火のように噴きあがった。

「ぬおおッ、き、気持ちいいっ、ぬおおおおおおおおッ！」

「あ、熱いっ、あああッ、わたしも、ひあああッ、イクッ、イクうううッ！」

灼熱の白濁液を受けとめて、桜子もアクメの嬌声を響かせる。乳房がひしゃげるほど強くしがみつき、膣道を艶めかしくうねらせながらエクスタシーの嵐に身をゆだねた。

魂まで蒸発するかと思うほどの愉悦だった。

昇り詰めたあとも、二人は抱き合ったまま離れない。身体が溶け合って一体化したような錯覚に陥っていた。

「もう、離れたくない」

頬を寄せたまま囁けば、彼女はこっくり頷いてくれる。そして、そっと唇を重ねてきた。

「嬉しい……もう離さないで」

自然とディープキスになり、舌をねっとり絡ませていく。女壺に埋めこんだままの男根が、再びむくむくと頭をもたげはじめた。

「あンっ、すごいわ……なかで動いてる」

「桜子さんのことが好きだから、何度でも愛してあげたいんです」

普段は恥ずかしくて言えないことも、昂っている今なら勢いで口にできる。健司は思いの丈をこめて、再び腰を振りはじめた。


窓から差しこむ日の光を浴びて、ふと意識が覚醒した。

桜子は裸のまま、健司の腕のなかで眠っている。昨夜は数え切れないほど愛し合い、ついには力尽きて寝てしまったのだ。

彼女は満足げな顔で寝息を立てている。

愛する人の寝顔を間近で見ることができて、健司は心の底から幸せを感じていた。柔らかい頬にそっと口づけする。それでも彼女は目を覚まさない。何度もついばむようなキスを繰り返すと、ようやく瞼を重たげに開いた。

「ん……」

「桜子さん、おはようございます」

「あっ……やだ、わたしったら……お、おはよう」

健司に寝顔を見られていたことに気づき、頬をぽっと赤らめる。昨夜は散々乱れたのに、寝顔を見られて恥じらう姿が愛らしかった。

ずっと抱き合っていたかったが、そういうわけにはいかない。健司は大学に行く時間だし、桜子も朝の掃除があった。二人は手早く服を身に着けると、もう一度抱き合ってキスをした。

「俺、行かないと」

「うん……今夜も来てくれる？」

嬉しいお誘いだった。今夜も二人きりで過ごせるのだ。健司は大きく頷くと、ドアノブに手をかけて振り返った。

「じゃあ、また」

軽く手を振り、音が響かないようにそっとドアを開ける。そして、廊下に踏みだそうとした瞬間、異変に気づいて固まった。

「おはよう、健司」

声をかけてきたのは美咲だ。濃紺のスーツを着ており、なにやらニヤニヤと笑っていた。

「み、美咲さん……それに、みなさんも……」

美咲だけではない。香澄と吾郎も呆れた顔で立っていた。

嫌な汗が背筋をツーッと流れ落ちていく。まさか、昨夜のことがバレているのでは……。

「ちょっと激しすぎませんか?」

「健司くんも隅に置けないね」

香澄と吾郎がからかいの言葉をかけてくる。

やはり、すべてバレているらしい。壁が薄いのをすっかり忘れて、夢中で愛し合ってしまった。床が軋む音と喘ぎ声が聞こえていたのだろう。もはや言い訳のしようがなかった。

「み、みなさん……」

桜子も絶句して赤くなる。健司の背中に隠れるようにして、廊下のみんなを見つめていた。

「別にいいんだけどね、誰と誰がくっつこうが」

美咲はそう言うと、意味深な視線を香澄と吾郎に向けていく。途端に二人は顔を見合わせて赤くなった。

「え？　二人って、もしかして……」

健司が目を丸くすると、吾郎はこくりと頷いた。

「じつは、そういうことなんだ」

いつの間にか二人は付き合うことになったらしい。香澄を見やると、頬がリンゴのように真っ赤になった。

「わたし、吾郎さんのこと……」

このとき初めて理解した。彼女が片想いしていた男性は吾郎だったのだ。彼女がさくら荘に住みつづける理由がわからなかったが、きっと好きな人の近くにいたかったのだろう。

「美咲さん、モーニングコーヒー、買ってきました！」

そこに孝士が駆けこんできた。なぜかコンビニ袋をぶらさげており、昨夜の姿が嘘のように明るい表情だ。

「ちょっと、なに考えてるのよ」

美咲は慌てた様子で「部屋に入ってて」と耳打ちする。孝士はなにを言われてもご機嫌だ。弾むような足取りで、美咲の部屋へと入っていった。

「モーニングコーヒーってなんですか？」

まさかと思いつつ尋ねると、彼女は一瞬ばつが悪そうな顔をした。それでも、すぐに顔をあげて表情を取り繕った。

「あんまり情けないから、ちょっと相手をしてあげただけよ。そうしたら、懐かれちゃって」

またしても、駄目な男を捕まえてしまったらしい。迷惑そうな口調だが、口もとには笑みが浮かんでいた。

なんだかんだ言って、放っておけないのだろう。孝士も悪い男ではないので、案外上手くいくのかもしれない。全員の視線を浴びて、美咲は珍しく頰をほんのり染めあげた。

「みなさん、準備をしないと遅刻ですよ」

桜子の声で、とまっていた時間が動きだす。みんながバタバタと出かける準備に取りかかった。さくら荘の慌ただしい一日がはじまったのだ。

健司も軋む階段をあがり、二階の自室に向かった。

まだ将来のことはわからない。さくら荘の管理人になるのか、田舎に帰って家業を手伝うのか、それともどこかの会社に就職するのか。いずれにせよ、隣に桜子がいることだけは確かだった。

本書は書き下ろしです。

実業之日本社文庫　最新刊

葉月奏太
ぼくの管理人さん　さくら荘満開恋歌
大学進学を機に〝さくら荘〟に住みはじめた青年は、やがて美しき管理人さんに思いを寄せて――。ほっこり癒され、たっぷり感じるハートウォーミング官能。
は63

原田マハ
総理の夫　First Gentleman
20××年、史上初女性・最年少総理となった相馬凛子。夫・日和に見守られながら、混迷の日本の改革に挑む。痛快&感動の政界エンタメ。（解説・安倍昭恵）
は42

水生大海
ランチ探偵　容疑者のレシピ
社宅の闖入者、密室の盗難、飼い犬の命を狙うのは？　OLコンビに持ち込まれる「怪」事件、ランチタイムに解決できる!?　シリーズ第2弾。（解説・末國善己）
み92

南　英男
切断魔　警視庁特命捜査官
殺人現場には刃物で抉られた臓器、切断された五指が。美しい女を狙う悪魔の狂気。戦慄の殺人事件を警視庁特命警部が追う。累計30万部突破のベストセラー！
み73

諸星　崇
猫忍（上）
厳しい修行に明け暮れる若手忍者が江戸で再会した父は……なぜかネコになっていた！「猫」×「忍者」癒し時代劇エンターテインメント。テレビドラマ化！
も71

諸星　崇
猫忍（下）
ネコに変化した父上はなぜ人間に戻らないのか……掟を破り猫と暮らす忍者に驚きの事実が!?「猫」×「忍者」究極のコラボ、癒し度満点の時代小説！
も72

実業之日本社文庫　好評既刊

葉月奏太
ももいろ女教師　真夜中の抜き打ちレッスン
うだつの上がらない中年教師が、養護教諭や美人教師と心と肉体を通わせる……。注目の作家が放つハートウォーミング学園エロス！
は61

葉月奏太
昼下がりの人妻喫茶
珈琲の香りに包まれながら、美しき女店主や常連客の美女たちと過ごす熱く優しい時間――。心と体があったまる、ほっこり癒し系官能の傑作！
は62

草凪優
悪い女
「セックスは最高だが、性格は最低」。不倫、略奪愛、修羅場を愛する女は、やがてトラブルに巻き込まれて――。究極の愛、セックスとは!?（解説・池上冬樹）
く62

沢里裕二
処女刑事　歌舞伎町淫脈
純情美人刑事が歌舞伎町の巨悪に挑む。カラダを張った囮捜査で大ピンチ!!　団鬼六賞作家が描くハードボイルド・エロスの決定版。
さ31

橘　真児
童貞島
突如目の前に現れた美女・美少女を前に、島の住人たちは童貞の誇りと居住権を守れるのか？　名手が贈る性春サバイバル官能。
た71

睦月影郎
淫ら歯医者
新規開業した女性患者専用クリニックには、なぜか美女が集まる。可憐な歯科衛生士、巨乳の未亡人、アイドル美少女まで。著者初の歯医者官能、書き下ろし!!
む25

実業之日本社文庫 は63

ぼくの管理人《かんりにん》さん さくら荘満開恋歌《そうまんかいこいうた》

2016年12月15日 初版第1刷発行

著 者 葉月奏太《はづきそうた》

発行者 岩野裕一
発行所 株式会社実業之日本社
〒153-0044 東京都目黒区大橋 1-5-1
クロスエアタワー8階
電話 [編集]03(6809)0473 [販売]03(6809)0495
ホームページ http://www.j-n.co.jp/
DTP 株式会社ラッシュ
印刷所 大日本印刷株式会社
製本所 株式会社ブックアート

フォーマットデザイン 鈴木正道(Suzuki Design)

ISBN978-4-408-55332-0(第二文芸)